Luis Fernando Veríssimo

VOGELSTEINS VERWIRRUNG

Luis Fernando Veríssimo

Vogelsteins Verwirrung

Aus dem Portugiesischen von
Barbara Mesquita

Droemer

Originaltitel: *Borges e os orangotangos eternos*
Originalverlag: Companhia das Letras, São Paulo

Die Folie des Schutzumschlags sowie die Einschweißfolie
sind PE-Folien und biologisch abbaubar.
Dieses Buch wurde auf chlor- und säurefreiem Papier gedruckt.

Besuchen Sie uns im Internet:
www.droemer.de

Satz: Ventura Publisher im Verlag
Umschlaggestaltung: ZERO Werbeagentur, München
Umschlagabbildung: Artwork ZERO unter Verwendung
von Bildern von Photonica, Hamburg, und Edgar Allan Poe
Druck und Bindung: Ebner & Spiegel, Ulm
Printed in Germany
ISBN 3-426-19617-4

2 4 5 3 1

Unwin unterbrach ihn ermüdet.
»Du sollst die Geheimnisse nicht vervielfältigen«, sagte er zu ihm. »Geheimnisse müssen einfach sein. Denk an den gestohlenen Brief bei Poe oder das verschlossene Zimmer bei Zangwill.«
»Oder sie müssen kompliziert sein«, erwiderte Dunraven. »Denk an das Universum.«

Jorge Luis Borges
»Ibn Hakkan al-Bokhari,
gestorben in seinem Labyrinth«

Das Verbrechen

Ich werde versuchen, Ihnen das Augenlicht zu sein, Jorge. Ich befolge den Rat, den Sie mir gaben, als wir uns verabschiedeten: »Schreib, und du wirst dich erinnern.« Ich werde versuchen mich zu erinnern, dieses Mal ganz genau. Damit Sie sehen können, was ich sah, das Rätsel lösen und zur Wahrheit vordringen. Wir schreiben stets, um die Wahrheit zu erinnern. Wenn wir erfinden, dann, um sie noch genauer zu erinnern.

Geographie ist Schicksal. Läge Buenos Aires nicht so nahe bei Porto Alegre, wäre nichts von alledem hier geschehen. Aber ich erkannte nicht, dass ich auf subtile Weise dorthin zitiert wurde, dass diese Geschichte meiner bedurfte, um aufgeschrieben zu werden. Ich sah nicht, dass ich kopfüber in die Handlung hineingetaucht wurde wie eine Feder ins Tintenfass.

Die Umstände meiner Reise nach Buenos Aires wurden, ich weiß das jetzt, mit der gleichen Sorgfalt konstruiert, mit der man eine Falle für ein Tier aufstellt, das man kennt. Doch damals machte die Begeisterung mich blind. Ich merkte nicht, dass ich zum Handwerkszeug eines Verbrechens auserkoren worden war, unpersönlich und unschuldig wie die Spiegel des Zimmers.

Der Kongress der Israfel Society des Jahres 1985, das erste Treffen von Fachgelehrten Edgar Allan Poes außerhalb der nördlichen Hemisphäre, sollte in Buenos Aires stattfinden, nicht einmal tausend Kilometer von meiner Wohnung in Bonfim entfernt. Erschwinglich selbst für den Geldbeutel eines armen Übersetzers und Englischlehrers (ich, wie Sie wissen). Einer der geladenen Kongressredner sollte Joachim Rotkopf sein, und sein Vortrag würde sich mit den Wurzeln des europäischen Surrealismus in Poes Werk beschäftigen, genau jener These, die den Disput zwischen ihm und Professor Xavier Urquiza aus Mendoza ausgelöst hatte, der mich auf den Seiten der Zeitschrift der Gesellschaft, *The Gold Bug*, so amüsierte. Der Goldkäfer. All dies erschien mir lediglich wie eine Häufung glücklicher, unwiderstehlicher Zufälle. Ich beschloss, keinen Widerstand zu leisten. Oder dachte, dass ich es beschloss.

Ich bin fünfzig Jahre alt. Ich habe ein zurückgezogenes Leben geführt, »ohne Abenteuer, ohne Schrecken«, wie in Ihrem Gedicht. Wie Sie, Meister. Ein behütetes Leben zwischen Büchern, in das selten das Unerwartete eindrang wie ein Tiger. Ich bin nicht naiv. Ich bin ein Skeptiker, die Bücher haben mich alle Spielarten der Ungläubigkeit und der Vorsicht gegenüber dem Unlogischen gelehrt. Niemals hätte ich geglaubt, dass das Schicksal mich beim Namen rief, dass alles bereits für mich und vor mir von irgendeinem geheimen Borges entschieden worden war, dass meine Rolle auf mich wartete wie das leere Papier Mallarmés auf seine Gedichte.

Allein die Aussicht, die Zwischenrufe des Argentiniers zu hören, wenn der Deutsche, mit dem ich zwar korrespondierte, den ich indes nicht persönlich kannte, seinen Vortrag hielte, würde die Kosten für das (ratenweise abgestotterte) Flugticket nach Buenos Aires rechtfertigen. Der Kongress sollte im Juli stattfinden, wenn meine Englischschüler sich auf ihre hyperaktiven Hormone besannen, um sich vor der Kälte zu schützen, und mir Ferien gaben. Keine wichtige Übersetzung würde meine Aufmerksamkeit in Anspruch nehmen, zumindest nichts, was nicht eine Woche lang für die Dauer des Kongresses warten konnte.

Und die letzte Fügung: Einen Tag nach Erhalt der Zeitschrift mit den Einschreibebedingungen für die Interessenten und der Bekanntmachung, dass der Kongress der Israfel Society überraschenderweise von Baltimore nach Buenos Aires verlegt worden war, starb mein Kater Alef. Aus keinem erkennbaren Grund, lediglich aus Höflichkeit gegenüber diesem alten Junggesellen, der ihm Asyl gewährt hatte. Alef war das Einzige, was mich zu reisen hätte hindern können, denn ich hatte, nachdem meine Tante Raquel ins Heim gegangen war, niemanden, bei dem ich ihn lassen konnte. Alefs Tod überzeugte mich davon, die Gelegenheit, die sich nie wieder ergeben würde, nicht vorübergehen zu lassen.

Und nicht einmal dieser so gelegen kommende Tod machte mich stutzig.

Alles, was mir dort in Buenos Aires widerfuhr, schulde ich in irgendeiner Form dem Tode Alefs. Oder dem Verhängnis der Geographie. Oder dem Gott hinter dem Gott, der den Gott bewegt, der den Spieler bewegt, der die Teile bewegt und mit dem der Kreislauf aus Staub und Zeit und Traum und Agonie aus Ihrem Gedicht seinen Anfang nimmt, Jorge. Oder den Ratschlüssen einer alten, vor genau vierhundert Jahren in der Bibliothek des Königs von Böhmen in Gang gesetzten Intrige. Oder nur der unbewussten Willfährigkeit der Beute gegenüber einer klug aufgestellten Falle, um den, der sich so viel Mühe gemacht hat, nicht zu enttäuschen …

Ich spiele meine Rolle des Sehens und Beschreibens und nunmehr des Aufschreibens dessen, was ich gesehen habe. Jemand oder etwas ist dabei, mich zu benutzen, um die Verwirrungen aufzudröseln. Über deren Lauf ich so wenig zu vermelden habe, wie die Feder dem Dichter zu sagen hat, der sie ergreift, oder der Mensch den Göttern, die ihn bewegen, oder das Messer dem Verbrecher. Und deren Lösung in Ihren Händen liegt, Jorge.

Oder sollte ich sagen »in Ihrem Schweif«?

⋆ ⋆ ⋆

Es war nicht meine erste Reise nach Buenos Aires. Als kleiner Junge bin ich mit meiner Tante Raquel auf Besuch zu meiner Tante Sofia und dem argentinischen Zweig der Vogelsteins gefahren. Die beiden hatten mich zu Beginn des Zweiten Weltkriegs aus Europa mitgebracht. Die dritte Vogelstein-Schwester, meine Mutter, Miriam, blieb in Nazi-Deutschland zurück. Sie hatte einen »Beschützer«, und nichts Böses sollte ihr widerfahren. Raquel ließ sich sogleich mit mir in Porto Alegre nieder, wo wir arme Verwandte hatten; Sofia ging nach Buenos Aires, wo wir reiche Verwandte hatten. Raquel pflegte zu sagen, dass die beiden Schwestern während der Reise gelost hatten: Die Verliererin hatte mich behalten. Das stimmte nicht, sie war von beiden Tanten diejenige, die am meisten an mir hing, und sie hätte mich niemals verlassen. Sie war eine zärtliche und aufopferungsvolle Mutter. Sie heiratete nie, um sich ganz um mich kümmern zu können, und auf zart versteckte Weise ließ sie es nie zu, dass ich mich verehelichte, um ihren Schützling mit niemandem teilen zu müssen. Es war kein großer Aufwand vonnöten, damit ich Junggeselle blieb. Ich habe eine dauerhafte häusliche Verpflichtung gegenüber irgendeiner anderen Frau als Tante Raquel immer als Bedrohung meines Intellekts betrachtet. Sie würde mir nicht meine Seele rauben, doch würde sie sich auf fatale Weise in die Ordnung meiner Bücher einmischen, für die Tante Raquel einen ehrerbietigen Respekt hegte, den sie auf eine lange Reihe angstschlotternder Putzfrauen übertragen hatte. Die

»Bücher des Herrn Doktor« waren tabu, wo auch immer in unserer kleinen Wohnung in Bonfim sie herumliegen mochten, und das Regal mit meinen Borges-Ausgaben war eine Art Reliquienschrein, der sie im Falle einer Entweihung ihre Hände gekostet hätte.

Am Ende, bevor sie darum bat, ins Heim gehen zu können, war Tante Raquel dazu gezwungen, sich meiner Pflege anzuvertrauen, wobei sie sich indes immer dafür verfluchte, mir so viel Arbeit zu bescheren. Ich sollte mich meinen Übersetzungen und meinen Büchern widmen, anstatt mich auf die Dosierung von Beruhigungsmitteln für eine nichtsnutzige Alte zu spezialisieren. Ins Heim zu gehen war ihre Weise, mich aus meiner zu Dankbarkeit entlassen, und eine andere Form, mich zu beschützen. Tante Raquel hat mich das ganze Leben lang zu sehr behütet.

Vielleicht befürchtete sie, ich könnte die verhängnisvolle Leichtgläubigkeit ihrer Schwester geerbt haben. Die von Miriam, meiner Mutter, die in einem Vernichtungslager in Polen umkam, nachdem sie von ihrem »Beschützer« an die Gestapo verraten worden war. Alles, was ich über meine Mutter weiß, hat Tante Raquel mir erzählt. Ihre roten Haare, ihre ausnehmend weiße Haut, ihr allzu argloses Herz. Auf der einzigen Fotografie, die ich von ihr besitze, hocken die drei Schwestern Vogelstein – Raquel, die Älteste, Sofia, die Mittlere, Miriam, die Jüngste – an einem Tisch auf der Straße »Unter den

Linden« in Berlin, in Gesellschaft eines Mannes. Des »Beschützers«, laut Tante Raquel. Des Ungeheuers, von dem wir nie wieder etwas hörten. Die vier lächeln in die Kamera. Meine Mutter ist die Hübscheste der drei Schwestern. Sie ist strahlend schön in ihrem Sommerkleid und dem breitkrempigen Hut. Der Mann trägt ein wollenes Tuch um den Hals und hat einen Arm auf die Lehne seines Stuhls gestützt. Mit dem anderen prostet er dem Fotografen zu.

Aber das hat nichts mit unserer Geschichte zu tun, Jorge. Von jenem Besuch in Buenos Aires mit Tante Raquel, bei dem die beiden Schwestern sich zum ersten Mal seit ihrer Flucht aus Deutschland wiedertrafen, ist mir nur noch ein dicker Cousin mit fiepsiger Stimme, Pipo genannt, in Erinnerung, der mir in einem fort Fußtritte verpasste.

Mein zweiter Aufenthalt in Buenos Aires ereignete sich Jahre später. Ängstlich darum bemüht, ein Missverständnis mit Ihnen, Borges, aus der Welt zu schaffen, fuhr ich (mit dem Bus!) hin, um Sie aufzusuchen. Ich war wenig über zwanzig Jahre alt und machte unter anderem ab und an Übersetzungen für das *Mistério Magazine*, das von dem alteingesessenen Verlag Editora Globo in Porto Alegre herausgegeben wurde. Die Zeitschrift druckte Texte nach, die auf Englisch im *Ellery Queen's Mistery Magazine* erschienen, und einmal übersetzte ich eine Erzählung von einem gewissen Jorge Luis

Borges, von dem ich, schon damals ein anglophiler und amerikabegeisterter Poe-Fanatiker, noch nie etwas gehört hatte. Ich fand die Erzählung miserabel, langweilig und konfus. Am Ende war nicht klar, wer der Bösewicht war, sollte der Leser doch die Folgerungen ziehen, die er wollte. Ich beschloss, die Erzählung zu verbessern. Ich verpasste der Handlung ein paar schaurige Noten in Poescher Manier und einen völlig neuen, überraschenden Schluss, der alles Vorangegangene, einschließlich des Berichts des Erzählers, Lügen strafte. Wer würde schon die Änderungen in einer portugiesischen Übersetzung der englischen Übertragung einer auf Spanisch von einem unbekannten Argentinier verfassten Geschichte bemerken, der mir eigentlich dankbar sein sollte für das Blut und die Kunstfertigkeit, die ich seinem Text hinzugefügt hatte?

Es dauerte nicht lange, bis beim Verlag Ihr erboster, indes ironischer Brief einging. In dem von einem überzähligen Geheimnis die Rede war, das in dessen Zeitschrift herumgeisterte und das nicht einmal »Señor Queen« würde aufklären können. Ein mit unglaublicher Arroganz ausgestatteter, verschlagener Brasilianer, der sich auf wehrlose Texte stürzte, die hinterher nicht wiederzuerkennen waren. Ganz offenkundig ein Fall für eine Truppe Literaturdetektive oder für eine Studie über das der Erzählprosa verschriebene Verbrecherhirn.

Ich wurde damit beauftragt, den Brief zu beantworten, da nun einmal ich der schlimme Finger war. Ich versuchte im gleichen Ton zu erwidern, indem ich schrieb, dass ich, weit davon entfernt, mich als verräterischer Verstümmler zu betrachten, mich vielmehr als ein um kleine Korrektureingriffe bemühter Schönheitschirurg verstand, und dass es mir sehr leid tue, dass Sie das Ergebnis meiner bescheidenen kosmetischen Ambitionen nicht geschätzt hätten. Und ich entschuldigte mich dafür, die erste Regel des Schönheitschirurgen vergessen zu haben, nämlich herauszufinden, ob der Patient mit der neuen Nase einverstanden ist.

In Ihrer Antwort, Borges, schrieben Sie, dass Sie an den Hochmut von Übersetzern gewöhnt seien, ich aber hätte die berufsbedingten Verunstaltungen ganz eindeutig auf ein pathologisches Niveau getrieben. Und wenn ich bereits als Übersetzer eine Gefahr darstellte, dann sei ich als Schönheitschirurg ein Risiko für die Allgemeinheit, denn meine anatomische Schlampigkeit sei alarmierend. Anstatt mich am Gesicht Ihres Textes zu schaffen zu machen, hätte ich ihm einen grotesken Schweif, einen Nachsatz, angehängt. Eine Auflösung, die aus dem Autor den übelsten Schurken mache, den eine Kriminalgeschichte nur haben könne: einen unzuverlässigen Erzähler, der dem Leser Informationen vorenthält oder sie verfälscht. Mein Schweif entschädige noch nicht einmal durch Eleganz. Oder durch Funktionalität, was ihn einem Orang-Utan dienlich sein ließe, um das Gleichgewicht zu halten, nicht aber dem Text eines anderen, um ihm seinen Charakter zu rauben. Sie baten mich darum, in Zukunft sowohl um Ihre Texte als auch um Ihre Nase einen großen Bogen zu machen.

Zu jener Zeit hatte ich mich bereits über Borges informiert, und mein zweiter Brief strotzte nur so vor Reue und weiteren Bitten um Verzeihung. Sie haben nicht geantwortet, weder auf diesen zweiten Brief noch auf den dritten und auch nicht auf den vierten. Der fünfte (in dem ich meine zunehmenden Gewissensbisse kundtat, meine leidenschaftliche Bekehrung zu Ihrem Werk, oder vielmehr zu den wenigen Büchern von Ihnen, die ich in Porto Alegre aufstöberte, und meine Bereitschaft, nach Buenos Aires zu kommen, um Sie kennenzulernen und mich persönlich bei Ihnen zu entschuldigen) wurde von einer Sekretärin beantwortet, oder von Ihrer Frau, oder von Ihrer Mutter, die schrieb, dass Borges mir zwar vergebe, mich aber ersuche, ich möge ihn bitte in Ruhe lassen. Was mich in meinem schlechten Gewissen und meinem Entschluss, Sie aufzusuchen, nur noch bestärkte.

Ich versuchte alles Erdenkliche, um bei diesem zweiten Besuch in Buenos Aires mit Ihnen zu sprechen. Vergebens. Es war, als kreise man um ein Labyrinth, ohne den Eingang zu finden. Unter Ihrer Anschrift in der Calle Maipu oder an den Orten, von denen ich wusste, wo Sie zu treffen waren, wurde mir einmal mitgeteilt, Sie seien verreist, dann, Sie seien krank, dann wieder, Sie würden niemanden empfangen und ich solle nicht weiter insistieren. Ich blieb beharrlich. Ich bat um Unterstützung bei meinen dort ansässigen Verwandten, die meine Tante Raquel nach unserem Besuch mit einer gewissen Verachtung als die »argentinische Schickeria« zu bezeichnen pflegte, denn obwohl sie dankbar für die Art und Weise war, in der sie Tante Sofia aufgenommen hatten, hielt sie sie dennoch unumwunden für intellektuell unterlegen und der kulturellen Tradition der Vogelsteins aus Berlin für nicht würdig.

Der dicke Pipo war, obwohl nur wenig älter als ich, bereits eine wichtige Figur in den Finanzkreisen von Buenos Aires. Er sagte mir, ich solle nur alles ihm überlassen. Er würde Borges ausfindig machen und unsere Begegnung in die Wege leiten. Er mobilisierte Sekretärinnen und einflussreiche Bekannte, um sein Versprechen zu erfüllen, sicherlich ebenfalls geleitet von seinem schlechten Gewissen (wegen der Fußtritte). Da die Kreise, in denen Pipo verkehrte, und Borges' Welt nicht eben deckungsgleich waren, wurden die Missverständnisse nur noch größer. Eines Tages fand ich mich mit einem winzigen Greis namens Juan Carlos Borges in der Bar des Hotels Claridge sitzend wieder, der über mein Interesse an seiner Arbeit und deren Resonanz in Brasilien überaus verwundert war, hatte er doch seit Jahren keines seiner Gedichte zum Thema Botanik mehr veröffentlicht, und mir war bereits seit seiner Ankunft klar, dass Pipo den falschen Borges aufgetrieben hatte. Ich fand nicht den Mut, den Irrtum aufzuklären, und bezahlte ihm Tee und Toast, wobei ich meine Verehrung für sein so ganz zu Unrecht übersehenes Werk erneut bekräftigte.

Ein anderes Mal traf ich mich, wiederum im Hotel Claridge, mit einer merkwürdigen Erscheinung namens Borges Luis Jorge. Dieser sah Ihnen – wenngleich er Sie als »Schwindler« bezeichnet – zumindest ähnlich, doch im Gegensatz zu Ihnen trug er eine dunkle Brille, weil er zuviel sah. Mit Literatur, die er als »eine Verschwendung von Wahrnehmungsvermögen« verabscheute, hatte er nichts zu schaffen. Seine Branche war die Astronomie. Er sagte mir tatsächlich, dass er der einzige Astronom auf der Welt sei, der auf Teleskope verzichten könne, da er sogar die Einzelheiten des Mondes mit bloßem Auge erkenne. Borges Luis Jorge wollte keinen Tee, er trank lieber einen Cognac als Entschädigung für seine verlorene Zeit.

Schließlich gab ich auf und kehrte, verbittert über das Scheitern meiner Bußexkursion, nach Porto Alegre zurück. Lange Zeit schrieb ich Ihnen nicht. Ich fing erst wieder damit an, als ich Ihnen meine auf Englisch verfasste vergleichende Studie zu Ihren Kriminalgeschichten und Poes Erzählungen von Auguste Dupin schickte, damit Sie diese begutachteten und eventuell verwerteten, da ich sie dem *Goldkäfer* angeboten und die Zeitschrift sie mir zurückgeschickt hatte. Sie antworteten nicht. Die fünf oder sechs Briefe, die folgten, blieben ebenfalls unbeantwortet, und Sie äußerten sich auch nie zu den drei »borgianischen« Geschichten, einer Mischung aus Plagiat und Hommage, die ich Ihnen sandte, nachdem ich auch sie vergeblich zu veröffentlichen versucht hatte. Der groteske »Schweif« war nicht vergessen.

* * *

Die Reise zum Kongress der Israfel-Gesellschaft war mithin mein dritter Aufenthalt in Buenos Aires. Es war dort kühler als in Porto Alegre. Die Empfangsdame des Kongresses am Flughafen hatte ein Muttermal mitten auf der Stirn, und auf ihrer Erkennungskarte stand »Poe« geschrieben; ich dachte sogar an ein wundersames Zusammentreffen, eine Ururenkelin aus einer unvermuteten argentinischen Seitenlinie der Familie, die … Doch nein, ihr Name stand in kleineren Lettern weiter unten. Angela. Ich bin unerfahren, was Kongresse anbetrifft. Ich bin überhaupt unerfahren. Oder war es vielmehr, bis ich in diese entschieden borgianische Geschichte hineingezogen wurde. Ich war ein geblendetes Tier, das aus dem Flugzeug stieg und fügsam in die Falle trottete, froh darüber, einem blonden Engel zu begegnen, dessen warmherziges Lächeln mich in Empfang nahm. Ich stellte mich vor, sie zog eine Liste zu Rate, sagte, dass die Kongressteilnehmer auf verschiedene Hotels der Stadt verteilt würden und dass meines in der, in der … Ach ja, dort war ich. Herr Vogelstein aus Brasilien. In der Calle Suipacha! Ein altes, aber sehr gutes Hotel, das vor kurzem renoviert worden war. Eigentlich war ich für ein anderes Hotel vorgesehen gewesen, weit vom Stadtzentrum entfernt, doch sie selbst hatte die Umbuchung für das sehr viel bessere Hotel in der Calle Suipacha vorgenommen. Ja, ja, es lag in der Nähe der Calle Maipu. Mir kam nicht in den Sinn zu fragen, warum der Name Vogelstein diese plötzliche Sympathie in Angela geweckt hatte. Und niemand schien eine Ahnung zu haben, weshalb der Kongress der Israfel-Gesellschaft, der der Reihe nach abwechselnd in Stockholm, Baltimore und Prag abgehalten wurde, auf einmal nach Buenos Aires verlegt worden war.

Während Angela die Gutscheine ausfüllte, die ich beim Taxifahrer und an der Hotelrezeption abgeben sollte, fragte ich, wo Joachim Rotkopf untergebracht sein würde. Sie brauchte nicht in ihre Liste zu schauen. Sie schüttelte, gleichsam in dem Versuch, die Erinnerung an Herrn Rotkopf über ihre Gehörgänge zu vertreiben, den Kopf. Herr Rotkopf war an diesem Morgen eingetroffen und bereits unvergesslich geworden. Sein Ausstieg aus dem Flugzeug hatte sich schwierig gestaltet. Er war über siebzig Jahre alt, reiste allein, hatte Probleme beim Gehen und beschwerte sich bei seiner Ankunft über die Reise, die Kälte, den Empfang, über alles. Beinahe wäre er auf einen Reporter losgegangen, und

Angela hatte persönlich einige Beschimpfungen in einem von seinem starken deutschen Akzent knarrenden Spanisch mitangehört.

Rotkopf wohnte in Mexiko. In einem seiner Briefe an mich hatte er geschrieben, er verstehe dieses neumodische Gejammer nicht, die Eroberung Amerikas sei eine kulturelle Vergewaltigung gewesen. Die Eroberung habe nie stattgefunden, die Primitiven hätten gesiegt, ihre teilnahmslose, schicksalsergebene Kultur beherrsche den Kontinent noch immer. Sie ließen die Weißen lediglich in dem Glauben, das Sagen zu haben, um sie beständig der Frustration und der Lächerlichkeit preiszugeben. *America is the defeat of Europe*, lautete einer ihrer Sätze. Nur besiegte Europäer wie er passten dorthin, wo ihre Resignation als Anpassung durchgehe. Er sagte immer, er sei wegen der Wärme in Mexiko und weil es der Ort auf der Welt sei, an dem man sich mit den Schädeln der Verstorbenen unterhalten und sich an den Tod gewöhnen könne.

Die bekannteste und umstrittenste These Rotkopfs über Poe besagte, dass das Werk des amerikanischen Schriftstellers die endgültige Auflösung der Vorstellungswelt der Schauerromantik in der Nekrophilie und dem Wahnsinn darstelle, den letzten Seufzer der europäischen Empfindsamkeit an der Grenze zur Wildnis, »vor dem Verschlungenwerden durch die Büffel«. Herauszufinden, wer in der Geschichte der Beziehungen zwischen Europa und der Neuen Welt wen vergewaltigt habe, sei schwer. Und aus dem in Amerika zurückgelassenen Wrack der Schauerromantik sei dann der europäische Surrealismus entstanden, oder vielmehr die europäische Antwort auf den unbewussten Surrealismus der Neuen Welt. Für Rotkopf war der wahre Poe der von Baudelaire übersetzte oder der von den Barbaren zur Neubelebung der europäischen Avantgarde errettete Poe. Eine seiner letzten Kontroversen mit Professor Xavier Urquiza hatte davon gehandelt und den vorigen Kongress der Israfel-Gesellschaft in Stockholm in Wallung gebracht. Die beiden hatten sich während des Vortrags des Amerikaners Oliver Johnson, der über »Lovecraft und Poe, ein düsteres Legat« sprach, gegenseitig mit Zwischenrufen traktiert.

In Stockholm hatte der Argentinier den Deutschen als Rassisten und Euromanen tituliert; er hatte den anderen des Philokretinismus bezichtigt. Intellektuelle Kontroversen sind für gewöhnlich wie Hundekämpfe, bei denen nur nicht zugebissen wird, wo indes das Gekläffe die Reißfunktion der Zähne übernimmt. Doch im Falle Rotkopfs und Urquizas wäre es, der Reportage des *Goldkäfer* über die Veranstaltung zufolge, beinahe zu echten Bissen gekommen. Die beiden zwangen Oliver Johnson sogar dazu, seine Rede über die Kontinuität Poes bei Lovecraft, in der er die revolutionäre These vertrat, eine vermeintliche Erfindung Lovecrafts aus dem 20. Jahrhundert, das *Necronomicon* oder auch das

Buch der toten Namen, sei in Wahrheit ein esoterischer, von Poe bereits in verschlüsselter Form erwähnter Kodex vom Beginn der Zeitrechnung, zu unterbrechen und die Bühne zu verlassen, wobei er sich von Rotkopf anhören musste, dass er sehr gut daran tue, denn immer, wenn ein Schwachkopf seinen Mund halte, verbessere sich das intellektuelle Klima auf der Erde ein wenig. Oliver Johnson hatte geschworen, Joachim Rotkopf eines Tages umzubringen, und Rotkopf und Urquiza hatten ihr Streitgespräch auf den Seiten des *Goldkäfer* fortgesetzt, in immer rabiateren Artikeln, die ich fasziniert verfolgte, ohne mir je träumen zu lassen, dass ich eines Tages direkt würde mitanhören können, wie diese grandiosen Gelehrtenköter sich gegenseitig beleidigten.

Die drei würden in Buenos Aires erneut aufeinandertreffen, und nun teilte mir mein lächelnder Engel mit, dass Joachim Rotkopf in meinem Hotel in der Calle Suipacha wohnen würde, wenngleich er lautstark auf dem Plaza bestanden hatte. Sodann fand ich heraus, dass Urquiza und Johnson ebenfalls im selben Hotel untergebracht sein würden – und zwar im selben Stock wie der Deutsche! Das war für meine Erwartungen beinahe zuviel des wirklichen Lebens. Die Organisatoren des Kongresses hatten zweifelsohne keine Ahnung, was sie da taten, oder sie wussten es nur zu gut und waren Teil derselben Verschwörung, desselben fürchterlichen Winkelzuges dieses Borges hinter dem Borges hinter dem mit ihm unter einer Decke steckenden Gott, der mich aus meinem beschaulichen und gesicherten Leben in Bonfim herausgerissen hatte.

Zusammen mit den Gutscheinen und den Instruktionen zum Besorgen eines Taxis und für die Fahrt zum Hotel übergab Angela mir das offizielle Kongressprogramm und eine Einladung zum Eröffnungscocktail im Plaza. Als ich ihr gestand, dass ich keine Krawatte dabeihatte, blitzte sie mich (schon wieder!) mit ihrem Lächeln an und sagte, die Empfangsdamen seien auf alle Arten von Überspanntheiten seitens der Teilnehmer dieses Kongresses vorbereitet, und das Fehlen meiner Krawatte sei eine Lappalie angesichts dessen, was zu sehen zu bekommen sie erwarteten … Und sie entschwand, denn ein anderer Neuankömmling, ein nervöser Japaner, beanspruchte ihre Aufmerksamkeit. Er beschwerte sich über den Umstand, dass die Israfel Society zum ersten Mal in ihrer Geschichte mit der Tradition gebrochen hatte, den Kongress abwechselnd in Stockholm, Baltimore und Prag zu veranstalten, was ihn dazu gezwungen habe, seine gesamten Pläne zu ändern, und was sogar das Gleichgewicht seiner Lebenssäfte durcheinander gebracht habe. Schließlich fuhr ich im selben Taxi mit dem Japaner, der nicht eine Minute seinen Mund hielt, zum Hotel. Er gelobte, sich nachdrücklich beim Vorstand der Israfel Society zu beschweren – sofern es ihm gelänge, diesen ausfindig zu machen. Die Oberhäupter der Gesellschaft organisierten die Kongresse, ließen sich jedoch niemals in der Öffentlichkeit blicken.

Die Zimmer des Hotels waren zwar klein, hatten dafür aber hohe Decken, und eine ganze Wand wurde von einem Schrank eingenommen, dessen verspiegelte Türen bis zur Erde reichten, so dass sie die doppelte Größe zu haben schienen. Mit Befremden bemerkte ich, dass der Raum völlig überheizt war. Der Cocktailempfang sollte am späten Nachmittag stattfinden, die Diskussionen würden am folgenden Tag beginnen, und der Vortrag Rotkopfs würde das Hauptereignis des ersten Tages sein. Ich zögerte. Sollte ich meine Tante Sofia anrufen? Wenn sie erführe, dass ich in Buenos Aires gewesen war und sie nicht aufgesucht hatte, wäre sie gekränkt, doch konnte jede Kontaktaufnahme meinerseits die Angehörigen der *argentinischen Schickeria* dazu nötigen, mich gegen meinen Willen und gegen den ihren zu empfangen. Ich beschloss, sie zu verschonen und mich ebenfalls. Mit fünfundzwanzig Jahren mehr auf dem Buckel musste der dicke Pipo nur noch unerträglicher sein. Und noch reicher.

Und Jorge Luis Borges? Nein, ich würde Sie nicht aufsuchen. Ich hatte gehört, dass Sie sehr krank waren und das Haus nicht mehr verließen. Und ich wollte mich nicht der gleichen Enttäuschung wie fünfundzwanzig Jahre zuvor aussetzen. Auch Sie würden von meiner Anwesenheit in Buenos Aires verschont bleiben, Jorge.

Ich hatte nichts Passendes zum Anziehen für den Cocktailempfang. Schließlich zog ich dasselbe Jackett an, das ich auf der Reise getragen hatte, mein einziges gutes. Beim Durchqueren der Hotelhalle auf dem Weg zum Plaza beschwerte ich mich über die extreme Hitze im Zimmer. Mir wurde mitgeteilt, dass die voll aufgedrehte Hotelheizung eine nachdrückliche Forderung »des Herrn Rotkopf« aus der 703 gewesen sei und dass es unmöglich sei, die Temperatur der Zimmer individuell zu regeln. Ja, die Herren Oliver Johnson und Xavier Urquiza hatten sich ebenfalls bereits eingetragen, ihre Zimmer waren die 702 beziehungsweise 704. Ich kam zu spät zum Empfang. Ich hatte beschlossen, vorher noch einen Abstecher in die Calle Maipu zu machen, doch bloß, um einen Blick auf die Eingangstür Ihres Hauses zu werfen, bevor ich Sie gänzlich links liegen ließe. Ich erinnere mich nicht einmal daran, ob ich beim Anblick Ihrer Tür einen Seufzer ausstieß. Ich hatte mich damit abgefunden, Ihnen niemals zu begegnen, Meister.

Anfänglich erkannte ich niemanden in dem großen Saal des Plaza, obgleich viele der Poe-Gelehrten mir von den Seiten des *Goldkäfer* und von Fotos auf den Umschlägen ihrer Bücher her bekannt waren. Sie waren meine Stars. Ich sichtete Angela, die sich gerade mit zwei Männern auf der anderen Seite des Saales unterhielt, und begab mich dorthin. Sie und ihr Lächeln waren wie eine sonnenbeschienene Lichtung inmitten eines Waldes aus feindseligen Baumstämmen und bedrohlichen, redseligen Schlingpflanzen. Einer der beiden Männer war hager und hochgewachsen, so hochgewachsen, dass er sich hinunterbeugen musste, um mit Angela zu sprechen. Er trug einen Schurrbart, hatte schwarzes, glatt gestrichenes, nach hinten gekämmtes Haar und das Profil eines Raubvogels. Falls er angefangen hätte, mit seinem Schnabel auf die sanfte Angela einzuhacken, so hätte er auf dem Scheitelpunkt ihres Kopfes beginnen müssen. Der andere, mit dem Rücken zu mir stehende Mann wirkte sehr viel älter und gebrechlicher. Angela erkannte mich und musste nicht einmal das Kärtchen zu Rate ziehen, das anstelle der Krawatte von meinem Hals baumelte, um uns vorzustellen. Ich war Vogelstein aus Brasilien, und den alten Herrn, der sich umwandte, um mir ins Gesicht zu schauen, kannte ich *bestimmt* schon, es war der Schriftsteller …

Jorge Luis Borges! Ich stand vor Jorge Luis Borges! Sie lächelten mich an und streckten mir Ihre Hand entgegen, damit ich sie drückte. Ihre leibhaftige Hand, die Hand von Jorge Luis Borges, die ich ungläubig schüttelte, war aus Fleisch und Blut! Sie waren gerade dabei, etwas zu erzählen. Darüber, dass Sie im Jahr zuvor in Brasilien gewesen waren, wie sehr Ihnen Brasilien gefalle, dass Sie halber Brasilianer seien. Sie fragten mich, aus welchem Ort in Brasilien ich kam. Ob ich meinen Namen noch mal wiederholen könnte? Es gelang mir, wieder auf die Erde zurückzukehren und mit einer Stimme, die ich noch nie zuvor gehört hatte, zu sagen:

»Vogelstein. Vogelstein aus Porto Alegre.«
Und ich fügte hinzu:
»Schriftsteller.«

Ich prüfte Ihr Gesicht, auf der Suche nach einem Anzeichen dafür, dass der Name irgendeine Erinnerung in Ihnen wachgerufen hatte. Vogelstein, Borges! Der mit den Briefen, der mit den Erzählungen, der mit der Übersetzung im *Mistério Magazine*, der mit dem unverschämten Schweif! Sie sagten:
»Vogelstein … Wir haben ein paar Vogelsteins in Buenos Aires. Das ist ein jüdischer Name, nicht wahr?«
Nein! Nicht sie, Borges, ich! Nicht diese reichen Philister. Der Vogelstein aus Porto Alegre. Ihr Bewunderer, Ihr zufälliger Mitarbeiter, Ihr, wenn auch unveröffentlichter, Kollege. Ihr … Doch Sie stellten mich gerade dem anderen Mann vor.
»Kennen Sie ihn? Einer unserer wichtigsten Poe-Forscher. Sinnigerweise ist er Kriminalist. Und noch sinniger ist, dass er Cuervo, heißt, wie der Rabe. Ich sage immer zu Doktor Cuervo, dass seine Untersuchungen der Werke Poes ein Verrat am Autor und an den anderen Forschern sind, denn er nimmt die Perspektive einer Figur ein. Er spricht aus dem Inneren des Werks heraus. Er ist ein privilegierter Beobachter!«
»Bitte, Jorge«, sagte Cuervo mit gekünstelter Ungeduld. Offensichtlich handelte es sich um eine alte Frotzelei zwischen den beiden. Angela lachte und schaute zu mir, um zu sehen, ob ich das Spanische und den Witz ver-

standen hatte. Ich habe Spanisch gelernt, um Sie im Original lesen zu können. Ich verstehe alles und spreche mit annehmbarer Gewandtheit, wie Sie festgestellt haben. Ich lachte lauter als alle anderen, ein Gelächter, das ich ebenfalls noch nie zuvor vernommen hatte. Ich war euphorisch ob meines Debüts im kosmopolitischen Leben und ob der Nähe – endlich! – von Borges. Wenig später sollte ich Sie ebenfalls mit Jorge anreden!

Bei dieser ersten Begegnung sprachen wir wenig. Sie erzählten mir, dass Sie gerade versuchten, ein Buch, *Das endgültige Traktat der Spiegel*, zu diktieren. Ich fragte, warum »endgültig«, und Sie antworteten, vernünftigerweise könne ich davon ausgehen, dass in seinem Alter alles, was man tue, zum letzten Mal sei. Ich protestierte und wandte mich nach hinten, um ein Glas Champagner von einem vorbeikommenden Tablett herunterzunehmen, doch als ich es eben erheben wollte und noch verzweifelt nach einem intelligenten Toast suchte, um Ihnen ein langes Leben zu wünschen, sah ich, dass Sie von einer in Taft gehüllten Entführerin am Arm zu einer anderen Gruppe gezogen wurden.

Sie waren unverkennbar die große Attraktion der Party, und die Auswärtigen hatten soeben Ihre Anwesenheit bemerkt. Ich fragte Cuervo, wie es um die Gesundheit seines Freundes bestellt war. Ich glaube, ich sagte »Jorges« Gesundheit. Von seiner Höhe hinab verzog Cuervo das Gesicht. Borges ging es nicht gut. Er hatte nur ihm,

Cuervo, zuliebe zugestimmt, dem Cocktailempfang beizuwohnen, denn sie waren eng befreundet. Ich fragte, ob es wahr sei, dass die Polizei zuweilen das Denkvermögen von Borges, einem Anhänger von Kryptogrammen und Rätseln und verschlüsselten Spuren, in Anspruch nehme, um einen Fall aufzuklären, und erwartete, eine Lachsalve zur Antwort zu hören. Doch Cuervo blieb ganz ernst und sagte, es sei nicht wenige Male vorgekommen, dass sie Ihren Rat bei der Lösung eines verzwickten Falles eingeholt hatte, und Ihr Beitrag war kostbar. Überdies unterhielten Sie sich viel, über Detektivliteratur, Poe und Kriminalistik.

Nein, Cuervo war kein Romanautor. Er erklärte, keine derartigen Ambitionen zu hegen. Er beschränkte sich bei dem, was er schrieb, auf Themen aus seinem Fachgebiet und auf die Erzählungen Poes, mitunter verknüpfte er indes diese beiden Interessen. Einmal beispielsweise hatte er das in einem verschlossenen Raum begangene Verbrechen aus »Die Morde in der Rue Morgue« in einer Unterrichtsstunde über Gutachten und gerichtsmedizinische Untersuchungen verwandt. Natürlich! Ich erinnerte mich, irgend etwas darüber in einer Sonderausgabe des *Goldkäfer* gelesen zu haben, die ausschließlich dieser Erzählung Poes gewidmet war, der ersten je verfassten analytischen Enthüllungsstory, wenn man den *Ödipus* von Sophokles nicht mitzählt. Cuervo war ebenfalls eine Berühmtheit! Er erzählte mir, dass er Mitarbeiter der Zeitschrift war und gelegentlich an den Kongressen teilnahm, dass er jedoch ansonsten keine weitere Verbindung zu dieser mysteriösen Organisation, der Israfel Society, hatte. Es war in meinen Ohren das erste Mal, dass jemand die Gesellschaft als »mysteriös« bezeichnete. Ich fragte nicht nach dem Grund.

Zum Glück wollte Cuervo nicht wissen, was ich machte und weshalb ich dort war und nach einem zweiten Glas Champagner griff, noch bevor ich das erste geleert hatte. Unausgesprochen wollte ich ihm zu verstehen geben, dass ich ebenfalls ein *scholar*, kein staunender Kongressneuling war. Nicht so ein Eindringling im realen Leben aus Bonfim. Noch ein Glas Champagner, und ich würde irgend etwas über Angelas Dekolleté und das Muttermal von mir geben, das sie zwischen den Brüsten hatte und das gut zu dem auf der Stirn passte. Irgend etwas Brillantes. Möglich sogar, dass dieser Abend in einer literarischen Debattierrunde, neuen Theorien – oder Tangos! – mit Borges endete. Alles war möglich in meinem neuen Stand als Mann von Welt. Alef hatte nicht umsonst das Zeitliche gesegnet.

Sie waren inmitten Ihrer Bewunderer verschwunden. Ich versuchte mir einzureden, dass Ihr Satz über Cuervos Treulosigkeit gegenüber dem Autor eine verschleierte Anspielung auf meine Übersetzung Ihrer Erzählung in der Zeitschrift des Globo-Verlages von vor fünfundzwanzig Jahren war. Ja, Borges erinnerte sich an mich.

Vogelstein. Vogelstein aus Porto Alegre. Sie mussten sich erinnern!

Einige Champagner später machte ich beim Abpassen einer Lücke, um wieder in Ihre Nähe zu gelangen, Joachim Rotkopf aus. Er versuchte ebenfalls, sich Ihnen zu nähern, indes ohne meine Zögerlichkeit. Er kam wie ein Panzerkreuzer durch die Menschenmenge gesegelt und benutzte seinen Gehstock, um sich den Weg frei zu räumen. Er zeigte sich verärgert, als ich ihn ansprach und mich ihm als sein Briefpartner aus Porto Alegre zu erkennen gab. Ich war schon halb betrunken, doch dabei so umsichtig, meine Erkennungskarte zu verstecken, denn ich benutzte bei unserem Briefwechsel ein Pseudonym und wollte die Abweichung nicht erklären müssen. Er interessierte sich für mich jedoch unter keinem Familiennamen. Ja, ja, wir würden uns später unterhalten. Wir wohnten im selben Hotel? Großartig, ganz großartig. Wir würden irgend etwas trinken und miteinander reden, vielleicht noch an diesem Abend. Und er rückte weiter in Ihre Richtung vor, wobei er zwei Damen vor sich herschob und den Japaner ummähte, mit dem ich mir das Taxi zum Hotel geteilt hatte.

Es war mitten in diesem Knäuel von Bewunderern, in das der Deutsche, mich an der Peripherie zurücklassend, mit Ellenbogenstößen vorgedrungen war, wo er die Hauptrolle bei dem ersten der zwei Skandale spielte, in die er bei dem Kongress der Israfel Society verwickelt werden sollte. Er verkündete Ihnen, er sei mit dem Zeug im Gepäck gekommen, Ihrem Landsmann Xavier Urquiza die Maske vom Gesicht zu reißen, seinen Ruf zu ruinieren und ihn intellektuell zu vernichten, um bei der Gelegenheit gleich auch noch den Amerikaner Oliver Johnson zu Staub zu zermahlen, den er »Lovecrafty« nannte, und zwar mit einem urkundlichen Beweis dafür, dass seine These über das *Necronomicon* ein riesengroßer Schwachsinn und ein Plagiat sei. Und angesichts Ihrer gutgelaunten Bitte um Frieden der Geister setzte er hinzu, dass er auch einiges über den intellektuellen Schwindel gewisser »Möchtegern-Europäer« wie Sie selbst, Borges, zu sagen hätte, was ringsum erbostes Gemurmel hervorrief.

Rotkopf war ebenso hochgewachsen wie Cuervo, der nicht in der Nähe war, um seinen gebrechlichen Freund zu verteidigen, zumal Sie angesichts der Ungeschliffenheit des Deutschen nur scheu lächelten. Seine Größe hatte mich überrascht. Und die Röte seiner Haut im Gegensatz zu seinem schlohweißen Haar. In einem seiner Briefe hatte er mir mitgeteilt, dass er am idealen Ort geboren sei, in Deutschland, wo jeder Intellektuelle zur Welt kommen sollte, allerdings unter der falschen Sonne. Mit ihrer Sonnenkultur bekannten sich die Mexikaner dazu, dass sie nie ein kostbareres Anbetungsobjekt haben würden als die Sonne, dass die Sonne das Nichtvorhandensein eines Goethe wettmachte. Die

Sonne hatte ihn nach Mexiko geführt. Und selbst so brannte der Kamin in seinem mexikanischen Haus das ganze Jahr über. Er bewegte sich schwerfällig, hatte indes den schlanken Körper eines ehemaligen Sportlers.

Die Dame in Taft, die Ihren Arm nicht freigab, übernahm es, den Zwischenfall zu beenden. Sie entfernte ihre Beute von dem unangenehmen Deutschen, nahm Kurs aufs Büfett, und das solidarische Menschenknäuel ging hinterdrein wie ein Wachtrupp.

Der zweite Skandal des Kongresses, bei dem Joachim Rotkopf die tragende Rolle spielte, war zweifellos seine Ermordung in derselben Nacht.

Angela begriff meine Bemerkung über ihre Beine nicht, als wir uns vor den Ruinen einer Scampi-Pyramide wiedertrafen. Was mich nicht überraschte. Ich wusste selbst nicht, was ich gesagt hatte. Nach so viel Champagner war ich nicht mehr in der Verfassung, mein eigenes Spanisch zu verstehen. Sie fragte, ob es mir etwas ausmache, gemeinsam mit Rotkopf zum Hotel zurückzukehren, da niemand mit ihm in einem Wagen fahren wollte. Auf seiner Suche nach irgendwem, der ihn länger als zwei Minuten ertrug, war es Rotkopf gelungen, ein Tablett mit Kanapees, eine Empfangsdame sowie denselben Japaner über den Haufen zu rennen, den er schon zuvor umgemäht hatte und der daraufhin empört den Cocktailempfang verließ. Xavier Urquiza und Oliver Johnson

hatten vernünftigerweise jede Konfrontation mit Rotkopf vermieden. Was nicht verhindert hatte, dass der Deutsche, als er den von seiner Farbe und seiner Statur her einem indischen Maharadscha gleichenden Amerikaner wiedererkannte, in grotesker Weise zu schreien begonnen hatte:
»Israfel, Israfel, does it ring a bell?«

Außer Johnson und mir hatte niemand die Bedeutung des Verses »Israfel, Israfel, geht denn da kein Licht auf?« verstanden, den Rotkopf fistelnd und mit seinem Stock den Takt klopfend improvisiert hatte. In einem seiner Briefe hatte er mir berichtet, dass er sich über Johnsons Marotte, in allem einen verborgenen Sinn zu entdecken, lustig gemacht und ihm anonym eine Interpretation von Poes Gedicht über den Engel Israfel geschickt hatte. Er behauptete darin, dass das Gedicht, spiegelverkehrt gelesen, eine kabbalistische Geheimschrift offenbare. Johnson war über die Entdeckung ganz aus dem Häuschen geraten und hatte sie in einem seiner Artikel zitiert. Alsdann war ihm ein sarkastischer Brief von Rotkopf zugegangen, in dem dieser sich als Autor der Fehlinformation zu erkennen gab und ihm riet, mit seinen Quellen vorsichtiger umzugehen. Rotkopf hatte mir von dem bösen Schwindel mit großer Genugtuung berichtet.

Ihnen, Jorge, und Ihrem Gefolge durch den Saal hinterher wandernd, bis es Cuervo glückte, Sie von der Dame in Taft loszureißen und nach Hause zu bringen, hatte ich verschiedene Vorschläge mitangehört, was mit dem unseligen Deutschen geschehen sollte, und keiner davon war barmherzig. Es war die Kunde gegangen, der alte Urquiza habe beschlossen, Rotkopf zum Duell zu fordern, nachdem er erfahren hatte, was dieser über ihn und Borges von sich gegeben hatte. Ein anderes Gerücht besagte, dass ein Sohn Urquizas, ein dümmlich aussehender athletischer Jüngling, der dem Cocktailempfang beigewohnt hatte, zurückgehalten werden musste, um nicht dort selbst auf den Deutschen loszugehen. Und Johnson hatte auf der Flucht vor Rotkopfs Provokationen sein Gelöbnis wiederholt, diesen abzumurksen, sobald sich ihm die Gelegenheit dazu böte.

Alleine mit mir und dem Fahrer im Wagen schien Rotkopf sich des Aufruhrs nicht bewusst zu sein, den er entfacht hatte. Er witzelte mit dem Chauffeur herum und fragte ihn, ob er aus Buenos Aires stamme und ob er auch der Meinung sei, dass diese »Mogelpackung« wirklich eine europäische Stadt sei, und ob er sich, wie alle Porteños, ebenfalls für »das physiologische Unding« eines Engländers südlich des Äquators halte. Der Fahrer hatte keinen Sinn für diese Art von Humor. Sein Blick, als wir aus dem Wagen stiegen, war der eines Menschen, der ebenfalls die erstbeste Gelegenheit beim Schopf packen würde, um den Deutschen ins Jenseits zu befördern. Genau in dem Moment, als wir aus dem Taxi stiegen, fing es stark zu wehen an, und es kostete uns einige Mühe, den Gehweg bis zur Eingangstür des Hotels zu überqueren.

Rotkopf schlug vor, wir sollten in sein Zimmer gehen und etwas trinken, um uns aufzuwärmen. Er hatte, da er schon die Sonne nicht hatte einpacken können, Tequila mitgebracht. Im Aufzug schien er mich zum ersten Mal anzuschauen. Ich war also Machado, woher noch gleich? Aus Porto Alegre, natürlich. Er hatte sich mich jünger vorgestellt, meine Briefe erschienen ihm zuweilen jugendlich in ihrer Begeisterung und Naivität und in ihrer unersättlichen Neugier. Warum wollte ich so viel über sein Leben wissen? Weshalb fragte ich nach seiner Betätigung als Kryptograph während des Zweiten Weltkriegs, wenn das doch so wenig mit unserem gemeinsamen Interesse für Poe zu tun hatte? Gewiss gehörte ich nicht jener Schule an, die in Johnson ihren Gipfel der Lächerlichkeit erreicht hatte, der Poes gesamtem Werk verschlüsselte Bedeutungen zuschrieb. Ich schien nicht gänzlich blöd zu sein. Er beleidigte mich nicht. Zumindest nicht bewusst. Auf dem Flur sang er abermals den Kehrreim, mit dem er den armen Johnson verstört hatte, *Israfel, Israfel, does it ring a bell?*, und gab ein donnerndes Gelächter von sich. Als wir sein Zimmer betraten, bemerkte ich, dass die Tür von Zimmer 701 halb geöffnet war und dass uns jemand beobachtete.

Unsere Unterhaltung oder das, woran ich mich davon erinnere, war geradezu angenehm, trotz des überheizten

Zimmers, des Windes, der an den Fensterscheiben rüttelte, und des warmen Tequilas nach dem Champagner. Bevor ich ging, sagte ich in aller Offenheit, dass ich glaubte, sein Leben sei in Gefahr. Ich riet ihm, die Tür abzusperren und die Kette vorzulegen, damit sie nicht einmal mit einem Generalschlüssel zu öffnen wäre. Er schien mir keine Beachtung zu schenken, doch sobald ich das Zimmer verlassen hatte, hörte ich, wie die Tür abgeschlossen und die Kette an ihren Platz gelegt wurde.

Meine nächste Sorge war, mich daran zu erinnern, wo sich mein Zimmer befand. Cocktails, die Begegnung mit Jorge Luis Borges, das unmittelbare Bevorstehen von intellektuellen Gefechten oder gar von körperlicher Gewalt, und ich mittendrin. Ich war benommen. Tante Raquel hatte mich zu sehr behütet, das wirkliche Leben war mit Macht über mich hereingebrochen, die jähe Weltläufigkeit verwirrte mich, all das war überaus neu und berauschend. Ganz zu schweigen von dem Champagner und dem warmen Tequila.

Als ich hinunterging, um herauszufinden, welches mein Zimmer war (die 202 nämlich) und meinen Schlüssel beim Portier abzuholen, trafen gerade Xavier Urquiza und Oliver Johnson im Hotel ein, ebenfalls vom Wind zerzaust. Sie kamen gleichzeitig an, aber nicht zusammen, denn auch sie hassten einander. Der Amerikaner fand eine Ausrede, um nicht mit dem Argentinier im Fahrstuhl ins selbe Stockwerk hochfahren zu müssen, in dem Joachim Rotkopf wohnte, das verhängnisvolle siebte. Ich nahm die Treppe, um zu meinem Zimmer im zweiten Stock hochzugehen. Schnell und ohne Mühe, denn ich fühlte meine Beine nicht mehr.

Mitten in der Nacht weckte mich das Telefon. Joachim Rotkopf mit einer Unterwasserstimme. Oder gluckernd, als käme sie zusammen mit einer Flüssigkeit aus seiner Kehle. Ein einziges Wort, das ich nicht verstand. Dann Schweigen. Mir fiel auf, dass es aufgehört hatte zu wehen.

Ich ging hoch in den siebten Stock und klopfte an die Tür von Zimmer 703. Kein Mucks, kein Laut. Ich klopfte kräftiger. Nichts. Ich sah, wie die Tür von 701 halb aufging, doch niemand erschien. Ich klopfte erneut an Rotkopfs Tür, nunmehr mit der flachen Hand. Nichts. Ich ging hinunter in die Hotelhalle. Der Nachtportier mochte keine zwanzig sein. Noch schwieriger als ihn aufzuwecken war, ihn davon zu überzeugen, die Tür von der 703 aufzubrechen. Er könne nicht, er sei alleine in der Rezeption, er brauche die Erlaubnis des Geschäftsführers, des Herrn … Dafür ist keine Zeit, schrie ich, derweil ich ihn in Richtung Fahrstuhl zerrte. Wir können den Tod eines Menschen verhindern. »Gehen wir!« Es war mir bereits gelungen, ihn in den Aufzug hineinzuziehen, als ihm in den Sinn kam, noch einmal umzukehren und den Generalschlüssel zu holen, den er mit Mühe fand.

Der Schlüssel nützte überhaupt nichts angesichts des von innen verriegelten Zimmers. Wir mussten die Tür aufbrechen. Ich ging hinein und sah Joachim Rotkopf auf der Seite ausgestreckt am Boden liegend, noch genauso bekleidet, wie ich ihn Stunden zuvor verlassen hatte. Sein Körper befand sich in einer merkwürdigen Stellung; in der Taille gekrümmt, die Beine gerade und die Arme über dem Kopf ausgestreckt, bildete er ein offenes V. Das Telefon lag am Boden, der von der Gabel gefallene Hörer neben seinem Kopf. Ich ließ den Nachtportier nicht ins Zimmer, damit er nicht das Blut auf der Erde sah. Der arme Junge war auch so schon verschreckt genug.

»Gehen Sie Hilfe holen!«, schrie ich. »Rufen Sie einen Arzt! Rufen Sie den Geschäftsführer!«

Weder der Arzt noch der Geschäftsführer, noch die anderen schlaftrunkenen Angestellten des Hotels, die vom Nachtportier herbeigerufen in das Zimmer eindrangen, konnten Joachim Rotkopf helfen, und auch der Polizei waren sie keine große Hilfe, denn als diese eintraf, war bereits alles im Zimmer umgeräumt worden, einschließlich der Leiche. Die Polizei konnte den Schauplatz nur rekonstruieren dank meines Berichts – eines Berichts, der so präzise war, wie es die Stunde, mein Schockzustand und der Alkoholgehalt in meinem Blut zuließen – über das, was ich gesehen hatte, als ich das Zimmer, nachdem der Nachtportier hinausgelaufen war, inspizierte. Wie hatte die Leiche gelegen? Ich musste mich anstrengen, um mich zu erinnern. Die Leiche bildete den Buchstaben V, daran hatte ich keinerlei Zweifel. Aber in welcher Stellung befand sie sich? Sie lag mit dem Allerwertesten, oder dem Scheitelpunkt des V, gegen einen der Spiegel gelehnt, die die eine Wand des Zimmers einnahmen. Genau, mit dem Hintern am Spiegel. Das Blut formte einen See auf dem Teppich, über den er sich bis in die Nähe des Spiegels geschleppt hatte oder geschleppt worden war. Die Flasche Tequila und die von uns benutzten Gläser standen noch am selben Platz, auf einem Tisch, doch neben der Flasche lagen vier Spielkarten, die vorher nicht dort gewesen waren. Kein Anhaltspunkt für das Werkzeug, das zum Durchschneiden von Joachim Rotkopfs Kehle verwendet und dann zweimal in seinen Bauch gerammt worden war.

Unter den Hotelgästen, die erschienen, um am Schauplatz des Verbrechens herumzuspionieren und die Arbeit der Polizei weiter zu erschweren, sah ich weder Oliver Johnson noch Xavier Urquiza. Sie machten die Türen ihrer Zimmer nicht auf. Der Gast aus der 701 öffnete die seine einen Spalt, doch ließ er sich wiederum nicht blicken.

X

Der Kongress war unterbrochen worden, der gewaltsame Tod Joachim Rotkopfs hatte allen einen Schock versetzt, einschließlich Ihnen – doch konnten Sie Ihr Entzücken nicht verbergen. Es gelang Ihnen nicht, Ihren Mund in einer angemessenen Miene der Trauer und der Besorgnis verweilen zu lassen. Ein Kongress über Edgar Allan Poe, unterbrochen von einem Mord in einem verschlossenen Zimmer, so wie in der Geschichte von Poe selbst! Es war zwar bedauerlich, aber wunderbar. Mehrfach während unseres Gesprächs, als wir Sie an dem Nachmittag nach der Tat besuchten, lief ein Ausdruck von Glückseligkeit über Ihr Gesicht wie bei einem Kind, das der Aufsicht eines gestrengen Vaters entwischt, bis ihm erneut die Zügel angelegt werden. Ich wusste, dass es Ihnen gefallen würde, Jorge.

Meine Hochstimmung war nicht zu verhehlen. Ich hatte nicht geschlafen, noch ganz verstört von dem Anblick dessen, was ich in dem Zimmer gesehen hatte, von den Fragen der Polizei und anschließend der Reporter, von einem schwindelerregenden Morgen, an dem allein die sanfte Anwesenheit Angelas mich vor einem Nervenzusammenbruch bewahrt hatte. Angela hatte sogar, genau wie Tante Raquel, meine Stirn gehalten, während ich alles erbrach, was ich in der Nacht zuvor getrunken hatte. Doch nun saß ich in der Bibliothek von Jorge Luis Borges. Ich war im Mittelpunkt des Labyrinths angekommen, und das Ungeheuer hatte mir Tee, Mate und Sherry angeboten. Ich saß inmitten Ihrer Bücher, unter Ihren Stichen von Piranesi, trank Ihren sicherlich englischen Tee, und Sie hörten mir zu, und dieses Mal war es kein Traum. Ebenso wie in Ihrem Gesicht Zerknirschung und Wonne um die Vorherrschaft stritten, rangen in meinem Magen Übelkeit und Verzückung um die Macht.

Wir nahmen in alten Ledersesseln Platz (haargenau wie in meinem Traum), in einem Dreieck rings um einen angeschalteten elektrischen Ofen. Cuervo hatte mich zu Ihnen gebracht, um Ihnen eine Beschreibung dessen zu geben, was ich im Zimmer des Toten gesehen hatte, nachdem die Tür aufgebrochen worden war. Zuvor erstattete er Bericht über die Erkenntnisse der Polizei. Die Todesursache waren drei Dolchstiche, zwei in den Bauch und einer in den Hals. Eines hypothetischen Dolchs, weil sie ihn nicht gefunden hatten. Genaue Tatzeit: Schwer zu sagen. Es war die Rede von der übermäßigen Hitze in dem Raum und ihrem Einfluss auf die Blutgerinnung. Rotkopf war fünfzehn Minuten, bevor er aufgefunden wurde, als er mich um drei Uhr morgens angerufen hatte, noch am Leben gewesen, doch konnten ihm die Stichverletzungen zu jedem Zeitpunkt beigebracht worden sein, nachdem ich gegen elf sein Zimmer verlassen hatte. Die Tür war von innen abgeschlossen und mit der Kette verriegelt gewesen und beim Aufbrechen demoliert worden. Die Fenster waren ebenfalls von innen verschlossen. Im Bad gab es kein Fenster. Eine Tür, die Zimmer 703 mit Zimmer 704 – dem von Xavier Urquiza – verband, war abgesperrt, und der Schlüssel hatte die Schublade im Schreibtisch des Geschäftsführers des Hotels nicht verlassen.

»Was hat er zu Ihnen am Telefon gesagt?«, fragten Sie.
»Ich habe es nicht richtig verstanden. Da waren der deutsche Akzent und der Schnitt in den Hals … Es hörte sich an wie *Djebrrokee*.«
»Cherokee?«
»Könnte sein.«
»Cherokee. Der einzige der großen Stämme Amerikas mit einem Silbenalphabet …«
Cuervo und ich tauschten einen Blick. Falls diese Information Sie zu irgendeiner Schlussfolgerung animiert hatte – der Schnitt durch die Kehle als unbeholfener Versuch einer Skalpierung, irgend etwas in der Art –, betrachteten Sie diese prompt als verfrüht und verwarfen sie, denn Sie machten eine Geste, die den Gedanken wie eine Fliege verscheuchte. Sie baten mich fortzufahren. In welcher Stellung befand sich die Leiche, als ich ins Zimmer kam?
»Sie lag wie ein V.«

Sie gaben ein Geräusch von sich, das vielleicht der Beginn eines im Keim erstickten Gelächters war. Der Ausdruck in Ihrem Gesicht kündete von höchster Genugtuung, ganz so, als hätten Sie selbst diesen Gedanken gehabt.

»Ein V?«

»Wie der Buchstabe V. So.«

Ich ahmte, so gut ich konnte, die wenig natürliche Haltung des Toten nach, wie er in der Taille gekrümmt auf der Seite und mit ausgestreckten, geraden Armen und Beinen dalag, ungeachtet dessen, dass Sie mich nicht sehen konnten. Cuervo erklärte Ihnen meine unbeholfenen Gebärden. Ich fügte hinzu, dass, wenn ich mich nicht irrte, der Scheitelpunkt des V gegen den Spiegel lehnte. Ich weiß nicht, ob ich das Wort »Allerwertester« benutzte, aber Sie verstanden. Das Hinterteil gegen den Spiegel gelehnt, die Beine in die eine Richtung, die Arme in die andere. Sie fragten:

»Wie ›wenn Sie sich nicht irren‹?«

Ich erklärte, dass ich mir nicht sicher war. Dass ich nervös gewesen war, schlaftrunken und noch ein wenig beschwipst. Dass ich noch nie in meinem Leben einen Toten gesehen hatte. Und so viel Blut. Ich konnte mir nicht sicher sein.

Sie wollten von dem Blut hören.

Das Blut zeichnete eine lange Spur auf dem Boden, wie ein rotes Laken. Rotkopf war zum Spiegel geschleppt worden oder hatte sich selbst dorthin geschleppt. Cuervo sagte, das sei unmöglich in Erfahrung zu bringen. Als die Polizei eingetroffen war, hatten bereits viele Leute das Zimmer betreten. Irgend jemand hatte absurderweise sogar versucht, den Toten mit Brustmassagen wiederzubeleben. Überall befanden sich blutige Fußspuren. Meine Schuhe waren blutverschmiert. Was ich noch im Zimmer gesehen hatte? Ich erzählte von den Spielkarten auf dem Tisch.

Es waren drei unregelmäßig zu einem Fächer gelegte Karten. Zwei, ein Zwischenraum und dann die dritte. Cuervo zufolge waren die Karten verschwunden. Niemand sonst hatte sie gesehen. Welche Karten es waren?

»Die Kreuzzehn und der Pikbube lagen zusammen, und der Herzbube separat.«

Ich sah in Ihrem und in Cuervos Gesicht das Befremden über so viel Genauigkeit angesichts meines Schockzustandes beim Auffinden der Leiche. Ich setzte hinzu:

»Glaube ich.«

»Hatten Sie und er im Zimmer Karten gespielt?«, fragte Cuervo.

»Nein. Wir hatten uns unterhalten. Und getrunken. Ich habe kein Kartenspiel gesehen.«

Ich sagte auf Spanisch *»barajo«* für Kartenspiel. Sie verbesserten mich:

»Baraja.«

»Gesehen habe ich kein Kar...«

Ich hielt inne, weil Sie mir mit der Hand ein Zeichen gemacht hatten zu schweigen. Sie dachten nach.

Ein weiteres Lächeln der Zufriedenheit entschlüpfte Ihrer Kontrolle und formte sich auf Ihren Lippen.

Sie sagten:
»Jabberwocky.«
»Wie bitte?«
»Das Wort, das Rotkopf Ihnen am Telefon sagte. Hieß es nicht ›Jabberwocky‹?«
»Kann sein …«
»Es gibt da so eine Geschichte …«, und Sie beschrieben eine Geste in Richtung eines der Regale Ihrer Bibliothek, »in der der Tote gefunden wird …«
»Und die auf eine Passage aus dem Gedicht ›Jabberwocky‹ von Lewis Carroll aus dem Buch von *Alice Through the Looking Glass* hindeutet«, ergänzte ich und gab mir alle Mühe, um Sie mit meinem Englisch zu beeindrucken. »In dem Gedicht findet sich der Hinweis auf den Namen des Mörders.«
»Ganz genau.«
»Ich selbst habe eine Geschichte geschrieben, in der der Tote aufgefunden wird, wie er auf die Zeile ›wie von der anderen Seite des Spiegels‹ aus Ihrem Gedicht ›Edgar Allan Poe‹ zeigt, Borges, und das führt dann zur Aufklärung des Verbrechens«, erzählte ich.

Es handelte sich um eine der drei Geschichten, die ich Ihnen geschickt hatte und die in Ihrem Schweigen untergegangen waren. In meiner Erzählung bildeten die Anfangsbuchstaben von Edgar Allan Poe auf der gegenüberliegenden Seite im Spiegel das Wort »pae«, »Vater«. Der Vater war der Schuldige. Und ich verwendete als Motto für die Geschichte Ihren Satz über die Vaterschaft und die Spiegel und dass beide gleichermaßen verabscheuungswürdig seien, weil sie die Zahl der Menschen vervielfältigten. Doch Sie schienen mir nicht zuzuhören. Sie sagten:

»Da Rotkopf kein Exemplar des Buches von Carroll zur Hand hatte, nannte er den Titel des Gedichts. ›Jabberwocky‹.«

»Sollen wir in dem Gedicht nach einem Hinweis suchen?«, fragte Cuervo.

Sie machten eine vage Geste in meine Richtung.

»Vielleicht könnte der Herr …«

Sie hatten meinen Namen vergessen!

»Vogelstein«, soufflierte Cuervo.

»Vielleicht könnte Vogelstein uns den Gefallen tun, das Buch zu suchen. Ich besitze eine schöne Ausgabe des Gesamtwerks von Carroll, ich glaube, hier irgendwo …«

Und Ihre Hand glitt seitwärts, auf eines der Regale deutend. Ich hatte mich bereits erhoben, um das Buch zu holen, als Sie fortfuhren:

»Wenngleich die Botschaft, die unser Freund Rotkopf uns mitteilen wollte, eventuell eine andere gewesen ist …«

»Welche?«, fragte Cuervo.

»In der Geschichte von Alice ist das Gedicht in einer merkwürdigen Sprache geschrieben, die zu entschlüsseln ihr nicht gelingt. Als sie merkt, dass sie sich auf der anderen Seite des Spiegels befindet und dass mithin alles verkehrt herum ist, stellt Alice das Buch vor einen Spiegel, so wie der unglückselige Doktor Rotkopf seinen eigenen Körper, und alles wird klar. Sie kann das Gedicht lesen.«

»Dann müssen wir die Hinweise andersherum lesen.«

»Unsere einzigen Anhaltspunkte sind die V-förmige Leiche und die Karten.«

»Und zwar ein V, dessen Scheitelpunkt am Spiegel lehnt«, sagten Sie, »und ein X.«

»Wie Xavier«, sagte Cuervo.

Wir drei schwiegen für einige Sekunden. Dann hoben Sie gleichmütig die Hände und sagten:

»Da haben wir ihn. Den Namen des Mörders. Die Rätsel sollen nicht vervielfältigt werden.«

»Sie sollen einfach sein«, fuhr Cuervo fort. »Denken Sie an den gestohlenen Brief bei Poe, denken Sie an das verschlossene Zimmer bei Zangwill.«

»Oder kompliziert«, sagte ich, das Zitat der beiden ergänzend. »Denken Sie an das Universum.«

Sie lächelten.

»Ich sehe, Sie gehören zu meinen Lesern, Herr Vogelstein.«

Beinahe hätte ich geantwortet: »Und ich habe bemerkt, dass Sie nicht zu meinen gehören, Herr Borges«, aber das war nicht der Augenblick für Ressentiments. Ich sagte: »Ihrer Prosa und Ihrer Gedichte, Herr Borges.«

Die Begeisterung oder vielleicht auch der Tee hatten meine Übelkeit besiegt. Mein Magen war das strahlende Zentrum eines molligen Wohlbehagens, wie der Ofen, um den herum wir saßen. Ein Gefühl, das sich noch um einige Grade steigerte, als Sie sagten:
»Nennen Sie mich Jorge.«

Cuervo war aufgestanden. Es war vonnöten, die Tür zwischen den Zimmern 703 und 704 genauer zu untersuchen. Außerdem musste man sich über die diplomatischste Art und Weise Gedanken machen, um Doktor Xavier Maldonado de Llentes y Urquiza in Buenos Aires festzuhalten, ehe er auf sein Anwesen nach Mendoza zurückkehrte, und ihn zu einer Aussage zu bewegen. Urquiza war ein schwieriger und streitbarer Mann. Sie sagten, dass Sie nie verstanden hatten, wie ein adeliger Landbesitzer und intoleranter praktizierender Katholik dazu gekommen war, Thesen über Edgar Allan Poe aufzustellen. Er vertrat die Israfel-Gesellschaft in Argentinien. Es hieß, seine Bibliothek sei eine der größten des Landes. Sie und er verstanden sich gut, wenngleich Sie sich selten begegneten und immer vermieden, über eine bestimmte Person zu sprechen. Über wen? Gott. Für Urquiza war jedes Werk des Atheisten Borges eine »Theologie der Suche nach einem Zentrum«.
»Schade nur, dass der Tote den Namen des Mörders nicht gleich am Telefon gesagt hat, statt diesen ganzen Zirkus zu veranstalten«, sagte Cuervo.
»Bloß weil Sie keine Romane schreiben, Cuervo«,

sagten Sie. »Ich und Herr Vogelstein bedauern, dass das Spiel so einfach war. Wir hatten noch viele brillante literarische Spekulationen in petto.«

Ich und Herr Vogelstein! Sie hatten mich in Ihre rasche Schlussfolgerung mit einbezogen und mich als Ebenbürtigen dargestellt. Wir waren ein Duo von Schriftstellern, von Entzifferern einfacher und komplizierter Universen. Borges und ich, ich und Borges. Ich war akzeptiert worden! Vielleicht erinnerten Sie sich sogar an meine Übersetzung aus dem *Mistério Magazine*, an unseren Briefwechsel, an meine unbeantworteten Briefe, an meinen beharrlichen Wunsch, Sie sehen zu wollen, an meine drei Erzählungen … Sie wussten seit dem Augenblick, als Angela uns beim Cocktailempfang einander vorgestellt hatte, wer ich war, und spielten mit meiner angstvollen Erregung, indem Sie die Mitteilung, dass Sie mich wiedererkannt hatten und mich akzeptierten, bloß hinauszögerten. Indem sie lediglich so taten, als hätten Sie meinen Namen vergessen. Sie trieben auch mit mir ein Spiel, Jorge. Oder etwa nicht?

Meine Glückseligkeit war anscheinend nicht bis in mein Gesicht vorgedrungen, denn Cuervo sagte, ich sähe grauenvoll aus, und schlug vor, ich sollte versuchen, ein wenig zu schlafen. Er würde mich zum Hotel begleiten. Bevor wir uns verabschiedeten, betrachtete ich nochmals jene Bibliothek, in der ich mich so oft in Gedanken gesehen hatte. Nur eins war nicht wie in meinem

Traum: Ich hatte nicht erwartet, so viele Bücher in Stapeln neben den Regalen auf den Tischen und am Boden liegen zu sehen. Ich machte eine Bemerkung über die Menge der Bücher, und Sie erklärten, viele davon hätten Ihrem Vater gehört.

»Er sagte immer, die vielen Büchern seien der einzige Reichtum, den er mit dem König von Böhmen gemeinsam habe. Ich habe den Satz nie verstanden, was mich nicht daran hinderte, mich in dieser Bibliothek immer wie ein Erbe des Königs von Böhmen zu fühlen. Bei meinen Studien zum *Endgültigen Traktat der Spiegel* bin ich auf die Experimente gestoßen, die in der Bibliothek Rudolfs des Zweiten angestellt wurden, wo das Lesen mit Spiegeln an der Tagesordnung war, und da bin ich in meinem Element. Diese Bibliothek ist eine bescheidene Zweigstelle der Königlichen Bibliothek in Prag, sofern diese noch existiert. Doch Urquizas Bibliothek ist umfangreicher.«

Ich prüfte die Stiche von Piranesi an der Wand und sagte zu Ihnen, dass auch ich diese so minutiös dargestellten Phantasieruinen bewunderte.

»Leben heißt Ruinen hinterlassen«, zitierte ich.

»Wer hat das gesagt?«, fragten Sie.

»Walter Benjamin, in einem Text über Poe.«

Beim Hinausgehen aus der Bibliothek sagten Sie:

»Und die Karten? Die Zehn, der Bube und der König?«

Cuervo zuckte mit den Schultern und sagte:

»Denken Sie darüber nach, derweil wir ein Wörtchen mit Doktor Xavier reden.«

»Mir ist etwas eingefallen!«, sagte ich.
»Was?«
»Zu den Karten. Der Bube hatte durchbohrte Augen.«
Die Freude trug endlich den Sieg über all Ihre Gefasstheit davon und beherrschte Ihr Gesicht, Jorge.

* * *

»Spuren.«
Das war das erste, was Sie sagten, als wir am späten Nachmittag in Ihre Bibliothek zurückkehrten.
»Wie bitte?«
»Leben heißt Spuren hinterlassen, nicht Ruinen. Walter Benjamin.«
Sie saßen im selben Sessel. Ein Rest Julisonne drang noch durch das Fenster, doch die Bibliothek lag im Dämmerlicht. Cuervo schlug vor, eine Lampe anzuzünden.
»Wenn es sich um etwas handelt, das Nachdenken erfordert …«, huben Sie an.
Cuervo und ich führten das Zitat von Poe unisono zu Ende, er auf Spanisch, ich auf Englisch:
»… werden wir es besser im Dunkeln untersuchen.«
Wir lachten alle drei.
»›Der Goldkäfer‹«, sagte ich.
Cuervo war, nachdem ich den Satz Auguste Dupins so schnell erkannt hatte, schockiert über meinen Fehler. Sie waren lediglich verblüfft.

»Nein, nein«, sagte Cuervo. »›Der entwendete Brief‹.«
»Natürlich. Aber, ich weiß nicht, warum, ›Der Goldkäfer‹ scheint mir zu diesem Fall besser zu passen.«

Sie blieben weiter in Gedanken versunken. Cuervo hatte sich in seiner Rastlosigkeit nicht hingesetzt. Wir waren in Ihre Bibliothek zurückgekommen, weil die Nachforschungen im Hotel unbefriedigend verlaufen waren. Während ich in meinem Zimmer schlief, prüften Cuervo und seine Truppe alle Hypothesen, die die von dem Toten hinterlassene Spur nahelegten. Sofern sich das X auf Xavier Urquiza bezog. Denn selbst wenn Urquiza Zugang zu dem Schlüssel von der Tür hatte, die sein Zimmer mit dem Rotkopfs verband und die nur benutzt wurde, wenn jemand beide Zimmer belegte und eine Verbindung zwischen ihnen benötigte, so war die Tür definitiv in den vergangenen sechs Monaten nicht geöffnet worden. Das Hotel war erst vor kurzem renoviert worden, was einen allgemeinen Anstrich mit einschloss. Die Farbe überdeckte die Ritze zwischen dem Rahmen und der Tür. Die Farbe war unversehrt.
»Warten Sie«, sagte ich. »Der Mörder in Poes Geschichte von dem verschlossenen Zimmer, ›The Big Bow Mystery‹ …«

Ein weiteres Mal hatte ich Cuervo verblüfft, indem ich nun die Geschichte von Poe mit der von Zangwill verwechselte. Das waren noch die Nachwirkungen der vergangenen Nacht.

»Sie meinen in der Geschichte ›Die Morde in der Rue Morgue‹ von Poe …«
»Ja, selbstverständlich. In Poes Erzählung ist der Mörder ein Orang-Utan, der durchs Fenster hereinkommt. Als er durch das Fenster verschwindet, geht dieses zu, und das Schloss sieht so aus, als wäre es wieder eingeschnappt, aber …«
»Ich habe die Fenster ganz genau überprüft«, sagte Cuervo ungeduldig. »Vergessen Sie nicht, dass ich eine Arbeit über ›Die Morde in der Rue Morgue‹ geschrieben habe. Die Fenster waren von innen fest verschlossen.«

Sie hatten Ihren Spaß mit uns.
»Ich wüsste gerne«, sagten Sie, »ob die Herren ernsthaft in Erwägung gezogen haben, dass ein in letzter Minute herbeigeschaffter und auf die Schnelle von Doktor Xavier gedrillter Orang-Utan mit einem Dolch zwischen den Zähnen an der Außenwand des Hotels in den siebten Stock hochgeklettert sein könnte …«
»Sie dürfen nicht vergessen, mein werter Borges, dass das Hotel ein altes Gebäude und seine Fassade von Ornamenten übersät ist, man sie mithin erklimmen kann, und dass Doktor Xavier einen Sohn hat, der nicht nur aussieht wie ein Orang-Utan, sondern der als jemand, der in Mendoza am Fuße der Anden wohnt, auch ein erfahrener Bergsteiger ist. Es heißt im übrigen, dass das auch schon alles ist, was er im Leben tut, reales und soziales Bergsteigen, zur großen Enttäuschung seines Vaters. Intellektuelle haben oft schwachköpfige Kinder.

In diesem Fall ist es jedoch ein unschuldiger Schwachkopf. Nach dem Cocktail im Plaza war er mit Freunden essen, dann sind sie in eine Diskothek gegangen, und dort hat er sich von gleichermaßen hirnlosen Zeugen umringt zur mutmaßlichen Tatzeit befunden.«
»Haben Sie eigentlich mit Xavier Urquiza gesprochen?«, fragte Borges.
»Ja. Doktor Xavier hat seine aufrichtige Freude über den Tod des Deutschen zum Ausdruck gebracht, er bedauerte nur, dass ihm nicht nach aztekischem Ritual das Herz herausgerissen wurde, wobei er jedoch in Erwägung zog, dass es womöglich schwierig geworden wäre, in dieser Brust ein Herz zum Herausreißen zu finden.«

Xavier Urquiza hatte Cuervo erzählt, er habe schwer geträumt und nichts aus dem Nebenzimmer vernommen, weder von dem Mord noch vom Aufbrechen der Tür, noch von dem Betrieb auf dem Flur und in dem Zimmer nach Auffinden der Leiche. Es gab nichts Kompromittierendes in Urquizas Zimmer, wenngleich Cuervo dieses nur oberflächlich inspiziert hatte, während sie sich unterhielten. Keine Spur von Blut, weder am Boden noch sonstwo. Kein Anzeichen von Spannung oder Verstellung bei Urquiza. Nichts.
Das X hatte uns zu nichts geführt.

Die Dunkelheit in der Bibliothek war nunmehr fast vollständig. Cuervo lief hin und her, ich weiß nicht, ob auf der Suche nach einer Lampe zum Anzünden oder weil das seine Art des Nachdenkens war.

»Wir werden das X nicht so schnell zu den Akten legen«, sagten Sie. »Was kann es sonst noch bedeuten?«

»In der Mathematik ist es das Symbol für die Unbekannte oder für eine variable Größe«, schlug Cuervo vor.

»Victor Hugo hat geschrieben, das X stehe für gekreuzte Schwerter, für einen Kampf mit ungewissem Ausgang, und deshalb versinnbildliche es für die Philosophen das Schicksal und für die Mathematiker die Unbekannte«, so mein Beitrag.

Cuervo:

»Es kann das Kreuz darstellen, oder Christus …«

Sie:

»Sir Thomas Browne, ein grandioser Irrer aus dem siebzehnten Jahrhundert und einer meiner Lieblingsautoren …«

»Und im übrigen der Verfasser des Textes, den Poe als Motto für ›Die Morde in der Rue Morgue‹ verwendet …«, sagte Cuervo.

»Welcher seinerseits die Übersetzung eines Abschnittes aus der Lebensbeschreibung des Kaisers Tiberius ist, die auf Latein von Suetonius Tranquillus verfasst wurde …«, fügte ich, unser kleines Menuett der Gelehrsamkeit zur allgemeinen Zufriedenheit abschließend, hinzu.

»Von Sir Thomas Browne gibt es eine Abhandlung über das X, der zufolge es für die Verbindung von zeitlichem und magischem Wissen steht, die Pyramide von oben nach unten und die Pyramide von unten nach oben«, fuhren Sie fort. »Und zudem die Doppelung des V, des römischen Buchstabens mit der größten mystischen Bedeutung, steht er doch für die fünf Sinne des Menschen und ist gleichzeitig Form, Buchstabe und Zahl, oder Geometrie, Schrift und Mathematik, die drei Möglichkeiten zur Auslegung der Welt. Doch wir sollten besser nicht auf diesen dunklen Pfad abschwenken. Denn soeben ist mir in den Sinn gekommen, dass es bei Poe eine Geschichte gibt, in der das X für das O steht. Sie heißt …«

»Der ge-x-te Ardickel!«, ergänzten Cuervo und ich wiederum unisono.

Natürlich! In Poes Erzählung entdeckt der Redakteur einer Zeitung mit einem Faible für die Verwendung des Buchstabens O in seinen Texten, dass in Ermangelung des O im Setzkasten seines Blattes dieser in einem seiner Artikel, zur großen Verblüffung seiner Leser und Genugtuung seiner Feinde, durch ein X ersetzt worden ist. Das X, gebildet von dem mit seinem Scheitelpunkt am Spiegel lehnenden V von Rotkopfs Körper, sollte in Wahrheit ein O darstellen.

»Es ist nicht leicht, mit dem Körper ein O zu bilden, oder ein C, das sich mit Hilfe des Spiegels in ein O verwandeln würde. Doch jeder beliebige Leser von Poe würde verstehen, dass ein X ein O bedeuten könnte«, sagte ich. »Und für einen Kryptographen wie Rotkopf wäre es nur naheliegend, einen Buchstaben durch einen anderen zu ersetzen.«

»Rotkopf war Geheimschriftspezialist?«, fragten Sie.
»Ja, während des Krieges. Ich weiß nicht, auf wessen Seite.«
Und ich erzählte ihm das Wenige, das ich aus den Briefen des Deutschen über seine Biographie wusste.
»Großartig, anstatt eines X haben wir also ein O«, sagte Cuervo.

Jemand mit einem bewundernswerten Sinn für Dramatik knipste in der Sekunde das Licht in der Bibliothek an, als Sie sagten: »O wie ›Oliver‹«.

Oliver Johnson hatte mehr als einmal die Absicht geäußert, Joachim Rotkopf zu töten. Er bewohnte im Hotel das Zimmer neben diesem. Er war ein Mann von ungefähr sechzig Jahren, schien sich jedoch trotz seines Pascha-Bauches in guter körperlicher Verfassung zu befinden. Und er schien genügend Hass zu hegen, um in das Zimmer des Feindes einzudringen, ihm ein Messer einmal in die Kehle und zweimal in den Bauch zu rammen und wieder hinauszugehen. Doch wie hinein- und hinausgehen? Dies aufzudecken würde, zu gegebener Zeit, die Aufgabe des Mörders selbst sein. Cuervo wirkte nicht allzu glücklich bei der Aussicht, den Amerikaner lediglich auf ein vermeintliches X gestützt, das ein O bedeutete, als Verdächtigen zu verhören. Dieser Tote wurde für Cuervos Geschmack allmählich zu kryptisch. Warum redete er nicht Klartext? Es ergab keinen Sinn, dass ein langsam verblutender Mann, auf

die Kombinationsgabe von Poe-Lesern vertrauend, mit derartiger Akribie ein Anklageszenario ausgetüftelt haben sollte.
»Wir gehen zu unwissenschaftlich vor«, protestierte Cuervo.
Aber er würde mit Johnson reden und dessen Zimmer in Augenschein nehmen.

»Gab es in Rotkopfs Zimmer Anzeichen dafür, dass es durchsucht wurde? Offene Schubladen, durchwühlte Papiere?«
Ihre Frage war an mich gerichtet.
»Mir ist nichts aufgefallen«, antwortete ich. »Aber ich habe nicht genau darauf geachtet. Ich war verwirrt vom Anblick der Leiche, des Blutes …«
»Als die Polizei eintraf, war im Zimmer alles durchsucht worden«, unterbrach Cuervo mich. »Einschließlich der Leiche. Warum?«
»Ich habe Rotkopf bei dem Cocktailempfang sagen hören, er habe Beweise dafür, dass Johnsons These über Poe und Lovecraft absurd sei, ein Plagiat«, sagten Sie. »Johnson wollte verhindern, dass Rotkopf heute seinen Vortrag hielte und diese Beweise vorlegte. Er hat Rotkopf getötet und sich mit dem Beweismaterial davongemacht. Da haben wir das Tatmotiv. Bedrohung der intellektuellen Ehre. Sehr viel überzeugender als bloße Abneigung, um so mehr, als es sich um Akademiker handelt. Hat Rotkopf Ihnen irgendein Schriftstück gezeigt, das er heute gegen Johnson verwenden wollte, Vogelstein?«

»Nein. Er hat nur gesagt, er werde der Welt zeigen, welchen Streich er Johnson gespielt hat.«

Und ich erzählte von Rotkopfs frei erfundener kabbalistischer Interpretation des Gedichtes »Israfel«, nach der man es spiegelverkehrt lesen musste und die Johnson für bare Münze genommen hatte. Sie und Cuervo erinnerten sich noch an die peinliche Szene, als der hochgewachsene Deutsche mit seinem Stock herumfuchtelnd mitten im Saal des Plaza Johnson vorsang »Israfel, Israfel, does it ring a bell?«.
»Entschieden ein Mann zum Erstechen, dieser Rotkopf«, lautete Ihr Kommentar.

Cuervo machte sich, merklich geknickt angesichts der Aufgabe, die ihn erwartete, auf den Weg zur Tür.
»Doktor Johnson wird aufgefordert werden, eine Aussage zu machen. Ich sehe diplomatische Verwicklungen voraus. Kommen Sie mit?«
Cuervo hatte sich an mich gewandt, doch Sie waren es, der antwortete.
»Herr Vogelstein bleibt hier. Ich glaube, ich werde ihn für eine heiße Brühe und ein paar Mönchskekse gewinnen können.«

Und Cuervo ging fort, mich alleine mit Ihnen im Paradies zurücklassend.

O

Mir ist noch alles in Erinnerung, was wir in jener Nacht sagten.
Wort für Wort.
Ich:
»O. Die Mutter der Vokale. Symbol Gottes. Das, was weder Anfang noch Ende hat.«
Sie:
»Eine Schlange, die sich auf immer in den eigenen Schwanz beißt. Symbol für die Ewigkeit.«
Ich:
»Sein Ursprung ist das semitische Wort *ayin*, *Auge* bei den Phöniziern.«
Sie:
»Das glaube ich nicht. Es muss ein Piktogramm für die Sonne sein. Das Symbol des Pharaos Echnathon, der als erster die Vorstellung von einem Gott als ›Autor‹ des Universums hatte. Und folglich des Autors als einem Gott. Unser Pate, Vogelstein.«
Ich:
»Irgendwo habe ich gelesen, dass Sie gerne in einer nordischen Sprache schreiben würden, weil die nordischen Sprachen mehr Vokale besitzen und die Vokale größeres Gewicht.«

Sie:
»Das habe ich gesagt? Aber die lateinischen Sprachen haben doch mehr Vokale als die nordischen! Ich glaube, ich wollte sagen, dass ich gerne in einer dieser archaischen Sprachen des Nordens schreiben würde, die fast nur aus Vokalen bestanden. Mir ist es immer so vorgekommen, als ob das mit dem Klima zu tun habe. Das waren warme, durch die Anhäufung von Vokalen gegen die Kälte isolierte Sprachen.«
Ich:
»Das antike Hebräisch dagegen hatte nur Konsonanten. Möglicherweise um der Gefahr zu entgehen, aus Unachtsamkeit den geheimen Namen Gottes niederzuschreiben.«
Sie:
»Oder vielleicht hatte auch das mit dem Klima zu tun. Die Konsonanten waren offener und luftiger, einer Wüstensprache eher angemessen.«
»Sie haben auch gesagt, dass Sie Buchstaben ohne Serifen nicht ausstehen können.«
»Grauenvoll! Diese kahlen, auf ihre spitzen Gerüste reduzierten Lettern. Niemand kann seine Muttersprache in einer Futura-Schrift wiedererkennen. Es fehlt die mütterliche Wärme, es fehlt die Liebenswürdigkeit.«
»Ich fürchte, Cuervo hatte recht: Wir gehen nicht besonders wissenschaftlich vor.«
»Und sind voreingenommen. Auf die Vokale kann man verzichten. Ein nur aus Vokalen bestehender Text wäre unlesbar, doch bei einem Text aus lauter Konsonanten

kann man sich die Vokale zusammenreimen. Ein Text, in dem alle Os durch ein X ersetzt wären, wie in Poes Erzählung, würde zwar Arbeit bereiten, aber er wäre letztlich zu entziffern.«

»Der Umstand, dass das E der meistverwendete Buchstabe im Englischen ist, ist der Schlüssel, um den Code des Pergaments in ›Der Goldkäfer‹ von Poe zu dechiffrieren …«

»Übrigens bin ich neugierig geworden. Warum haben Sie zu Cuervo gesagt, ›Der Goldkäfer‹ passe besser zu diesem Fall?«

Bevor ich antworten konnte, kamen die Brühe und die Kekse, die uns in unseren Sesseln von einer schwarzgekleideten Frau mit indianischen Gesichtszügen serviert wurden, und wir widmeten uns der stillen Aufgabe des Kauens und des Balancierens unserer Teller, Sie mit sehr viel größerer Geschicklichkeit als ich. Dann sprachen wir für den Rest dieses magischen Abends über Oliver Johnson, seine Theorien und das *Necronomicon*, das Buch der toten Namen. Es war für uns an der Zeit, diesen dunklen Weg einzuschlagen. Ich erinnere mich an alles.

Wir wussten beide ein bisschen über Johnsons Thesen und seine Mutmaßungen über H.P. Lovecraft, Poe und den Okkultismus Bescheid. Angefangen mit seinem zum ersten Mal im Jahre 1921 veröffentlichten Buch *Stadt ohne Namen*, wie fast überall in seinem gesamten seltsamen Werk, macht der Amerikaner wiederholt

Anspielungen auf ein mysteriöses Buch, das ursprünglich *Al Azif* hieß und in Damaskus von einem vermeintlich verrückten Dichter, Abdul Alhazred oder El Hazzared, im ersten Jahrhundert der christlichen Zeitrechnung verfasst wurde. Um seine Echtheit vorzutäuschen, hatte Lovecraft für eine chronologische Geschichte und sogar eine Pseudobibliographie des Buches gesorgt, das angeblich unter dem Titel *Necronomicon* ins Griechische und danach ins Lateinische übersetzt worden war, bevor es 1232 von Papst Gregorius IX. verboten wurde. Es sollte eine deutsche Ausgabe von 1440 geben, eine zwischen 1500 und 1550 in Italien auf Griechisch publizierte Edition und eine von John Dee um 1600 angefertigte Übersetzung ins Englische, welche die von Lovecraft zitierte war. Das verbotene Buch gründete auf den vom Kauen eines bestimmten alkaloidhaltigen Krautes hervorgerufenen Halluzinationen des verrückten Dichters und sollte die Namen aller Mächte des Bösen enthalten, die die Erde vor dem Menschen beherrschten – die toten Namen, deren Anrufung und schriftliche Wiedergabe die Menschheit bedrohen würden.

Sie:
»Man hat immer geglaubt, dass das *Necronomicon* eine reine Erfindung von Lovecraft sei, der mysteriöse Geschichten mit falschen gelehrten Anspielungen auf düstere Rituale liebte, genau wie Poe.«
Ich:
»Und wie Borges.«

Sie, indem Sie so taten, als hätten Sie mich nicht gehört:
»Man war sogar der Auffassung, dass der Name des wahnsinnigen Dichters, Alhazred oder ›El Hazzared‹, ein Spaß sei, den Lovecraft sich mit ›Hazzard‹, einem der Namen seiner Familie, erlaubt hatte.«
Ich:
»Bis Johnson merkwürdige Ähnlichkeiten zwischen dem *Necronomicon* und anderen Texten aus der okkultistischen Philosophie, der hermetischen Tradition der ägyptischen Freimaurer und mit zeitlich sogar noch weiter zurückliegenden Ursprüngen aufzufallen begannen und er herausfand, dass Lovecraft selbst Zweifel an der Unwillkürlichkeit seiner Schöpfung hatte.«
»Das heißt, Lovecraft hatte überhaupt nichts erfunden. Er hatte intuitiv eine Wahrheit erfasst und sie, ohne es zu wollen, offengelegt.«
»Oder er hatte sich die Wahrheit ausgedacht.«
»Im vergangenen Jahr in Stockholm hat Johnson in dem Papier, das er nicht verlesen konnte, weil Rotkopf und Urquiza ihn nicht zu Wort kommen ließen, das er aber später veröffentlichte, die Überlegung angestellt, Lovecraft sei dahinter gekommen, das unfreiwillige Instrument einer Enthüllung geworden zu sein. Lovecraft überzeugte sich davon, dass es das *Necronomicon* wahrhaftig gab, dass es tatsächlich existierte und dass Poe es ebenfalls kannte. Oder dass auch Poe von den verborgenen Mächten dazu benutzt worden ist, sich in Worten zu offenbaren.«
»Denn Poe hatte Lovecraft zufolge, laut Johnson, eben-

falls die Angewohnheit, besagtes alkaloidhaltiges Kraut zu kauen, was es ihm leichter machte, die Prosa des verrückten Dichters zu verstehen. Und sein Werk enthielt verschleierte Anspielungen auf die schrecklichen Namen der Toten.«

»Lovecrafts Identifizierung mit Poe verdankte sich letztlich nicht allein dem Umstand, dass beide aus Neuengland stammten, einer Gegend voller Zauberei und dunkler Täler, der einzigen amerikanischen Entsprechung zu den schattigen Wäldern Europas. Die beiden hatten wohl denselben esoterischen Code verwandt. Oder waren zufällig über denselben Code gestolpert und hatten einen Hort okkulter Bedeutungen aufgedeckt.«

»Lovecraft konnte sich diese geheime Verbindung zu Poe, den er verehrte und sogar nachahmte, natürlich auch ausgedacht haben.«

»Oder Johnson hatte möglicherweise Beweise dafür, dass die beiden wirklich, freiwillig oder unfreiwillig, Dolmetscher ein und derselben verschlüsselten Sprache waren, was für das Studium von Poes Werken eine Revolution bedeutet hätte.«

»Beweise, die Rotkopf zunichte gemacht hätte, wenn er nicht ermordet worden wäre.«

»Wie das, zunichte gemacht?«

»Eben. Wenn wir das wüssten, würden wir das Tatmotiv kennen. Hoffen wir, dass Cuervo in diesem Augenblick ganz wissenschaftlich nach dem vernichtenden Papier von Rotkopf sucht, von dem der Mörder nicht wollte, dass es heute verlesen würde, oder nach dem Papier von Johnson, das Rotkopf zunichte machen wollte. Wenngleich mir schwant, …«

Sie hielten im Reden inne. Wir saßen beide nach vorne gebeugt in unseren alten Ledersesseln, und der elektrische Ofen surrte komplizenhaft zu unseren Füßen. Jorge und ich, die Verschwörer mit den heißen Füßen. Die einzige brennende Lampe gab einen Kegel kraftlosen Lichts von sich, das uns spärlich beleuchtete und den Rest der Bibliothek im Dunkeln beließ. Die bischöfliche Bewegung Ihrer geöffneten Hände schloss die unsichtbaren Regale rings um uns mit ein, ehe Sie den Satz zu Ende brachten:
»… dass die Lösung hier liegt. Die Lösungen sind immer in Bibliotheken zu finden.«

Den Dr. John Dee, dem Lovecraft die Übersetzung seines untergeschobenen Buches zuschrieb, hatte es tatsächlich gegeben. Er war ein englischer Magier und Kosmograph, Astrologe von Königin Elisabeth I. und einer der ersten, die mit wissenschaftlich anmutenden Methoden die Existenz paralleler Welten und mysteriöser Kräfte erforscht hatten, die im geschriebenen Wort ihren Ausdruck suchen.
»Das geschriebene Wort, Vogelstein«, sagten Sie, die Hände noch immer in Richtung Ihrer Regale ausgestreckt. »Das mächtige Wort, zu dem alles werden soll, um angerufen zu werden und zu existieren. Dessen jedes

System, sei es natürlich oder übernatürlich, logisch oder magisch, bedarf, um eine Geschichte zu haben, denn das Schreiben ist unerlässlich, um zu erinnern und zu verstehen oder um vorherzusehen und zu beherrschen. Und mit dem Sie und ich ohne irgendeine besondere Erlaubnis umgehen, häufig genug wie unschuldige Kinder, die mit geladenen Pistolen spielen.«

»Oder mit scharf geschliffenen Messern.«

»Oder mit Mordmessern. Wir besitzen die Gabe, mit unserer schöpferischen Kraft Wort für Wort sinnvoll aneinanderzureihen, aber wir können einem Sinn dienen, den wir nicht kennen, und dabei niederschmetternde Wahrheiten erfinden. Wir schreiben, um zu erinnern, doch die Erinnerungen können die anderer sein. Wir können, wie der Gott Echnathons, ganz aus Versehen Universen erschaffen. Wir können, ohne es zu ahnen, Ungeheuer in die Welt setzen. Und ohne uns von unseren Stühlen zu erheben.«

»Hat dieser Dr. John Dee nicht am Hof Rudolfs des Zweiten in Prag verkehrt?«

»Ja!«

Sie waren entzückt darüber, dass ich Rudolf den Zweiten, den König von Böhmen, kannte, diesen anderen grandiosen Irren aus dem sechzehnten Jahrhundert, der in seinem Schloss rund um die Uhr Alchimisten beschäftigt hielt und der Astrologen, Hellseher, Wahrsager und Erforscher des Okkulten wie Edward Kelly und John Dee in seiner riesigen Bibliothek versammelte, um über die Geheimnisse der Metaphysik zu diskutieren, über seine Aussichten, als erster den geheimen Schlüssel des Lebens und der Beherrschung der Zeit und der Elemente zu entziffern und damit der erste unsterbliche König zu sein.

»Ich habe mich für meine Studie über Spiegel in der Literatur und in den magischen Künsten im Laufe der Zeit sehr eingehend mit John Dee befasst,« sagten Sie. »Denn ich schreibe ein wenig auch, um mir die schreckliche Angst vor Spiegeln auszutreiben, die ich seit meiner Kindheit habe. Spiegel waren ebenfalls eine Obsession von John Dee. Ein *speculum* aus seiner Sammlung, ein massives Stück Glas von der Größe eines Tennisballs, das er bei seinen Experimenten verwendete, ist im Britischen Museum ausgestellt. Als ich es das letzte Mal betrachtete, konnte ich noch besser sehen als jetzt. Mir fiel auf, dass das *speculum* ein geheimnisvolles Licht verströmte wie einen pulsierenden Hof. Ich erwähnte dies der Person gegenüber, die mich begleitete, und die Person sagte: ›Welches Licht?‹«

»Nur Sie sahen es …«

»Nur ich sah es. Wenn ich an derlei Dinge glaubte, würde ich sagen, dass John Dee versuchte, sich mit mir über die Zeit hinweg zu verständigen. In einem Code, den nur die alten und die neuen Gäste der Bibliothek des Königs von Böhmen, der realen und der imaginären, kennen. Ich habe der Sache keine weitere Beachtung mehr geschenkt.«

»Zumal Sie ja nicht an derlei Dinge glauben.«

»Ich bin wie einer meiner Freunde, der die Kathedrale

von Chartres besuchte und vor einem der Kirchenfenster plötzlich zu schweben begann, bis er sich daran erinnerte, dass er kein Mystiker war, und wieder auf den Erdboden zurückkehrte.«
»Stellen Sie sich bloß die Wunderdinge vor, die wir wüssten, wenn wir an die Dinge glaubten, an die wir nicht glauben.«

Sie hatten den Kopf nach hinten geneigt. Eine Zeitlang schwiegen Sie, ein angedeutetes Lächeln auf den Lippen. Dann sagten Sie:
»Wahrscheinlich pulsiert John Dees *speculum* im Britischen Museum weiter in seinem Code, ›nur für meine Augen‹, wie Spionageromanen zufolge auf die Papiere der höchsten Geheimhaltungsstufe gestempelt wird. Nur dass meine Augen ihre Aufgabe nicht mehr erfüllen können.«

Gleichfalls von John Dee stammte die These, dass die Buchstaben eine magische Geschichte besitzen, die Geschichte ihrer Gestalt von der Ursprungsform her, welche Gott an Adam Kadmon, den ersten Menschen der Kabbala, weitergab, als er ihm seinen geheimen Namen verkündete. Alle Wandlungen des Alphabets wären demnach Versuche, die ursprüngliche Form zu verschleiern, damit der geheime Name Gottes niemals versehentlich niedergeschrieben würde. Die Verknüpfungen von Vokalen und Konsonanten waren Dee zufolge Zusammenschlüsse machtvoller mystischer Kräfte, die

nur der Zufall daran hinderte, schwerwiegende Folgen zu zeitigen, konnte doch ein Text jederzeit wie von ungefähr der Welt ein Ende bereiten.
»Oder unversehens ihren geheimen Wortschatz offenbaren«, sagte ich.
»Ja! Deshalb besaßen die Vokale im antiken Hebräisch keine Form. Der Name Gottes war ein Kürzel aus vier Konsonanten, ein Tetragrammaton. Um der Gefahr vorzubeugen, dass eines Tages irgendein verantwortungsloser Mensch wie wir, Vogelstein, die richtigen Vokale hinzufügt und den vollständigen Namen Gottes aufschreibt in dem Glauben, ein Epigramm zu verfassen. Und das Universum in die Luft jagt.«
»Ohne uns aus dem Sessel zu erheben.«
»Ich vermute, dass die Cherokee-Indianer von der amerikanischen Regierung nicht deshalb mit größerer Härte behandelt und isoliert wurden, weil sie wilder waren, sondern ganz im Gegenteil. Weil sie die einzigen waren, die eine Silbenschrift entwickelt hatten. Weil sie Vokale und Konsonanten zusammenfügen und schreiben konnten, um zu erinnern, und ihren Dämonen das geschriebene Wort zugänglich machten.«
»Sie sind in unseren Stamm eingedrungen.«
»Der mordsgefährlich ist. Wir müssten in Reservaten gehalten werden, mit bewaffneten Wachleuten. Und unsere literarische Produktion müsste tagtäglich kontrolliert werden, so wie in China die Minister die Exkremente der Kaiser prüften, um über ihre Innenwelt im Bilde zu sein.«

»Hmmmm«, lautete der Kommentar des elektrischen Ofens.

Mit einem Lächeln fuhren Sie, meine Reaktion vorhersehend, fort:
»John Dee war der erste, der den Ewigen Orang-Utan erwähnt hat …«
»Den was?!«
»Genau, noch einen Orang-Utan.«
»Wie groß ist die statistische Wahrscheinlichkeit, dass in ein und derselben Geschichte zwei hypothetische Orang-Utans auftauchen?«
»Ich nehme an, genauso groß wie die, dass derselbe Japaner bei ein und demselben Cocktailempfang zweimal umgerannt wird.«
»Wahrscheinlich.«
»Der mit einer widerstandsfähigen Feder, ausreichend Tinte und einer unendlichen Tafel ausgestattete Ewige Orang-Utan Dees sollte letztlich alle bekannten Bücher schreiben und überdies einige Originalwerke schaffen. Letztere von fragwürdiger Qualität, wie man sich vorstellen kann. Er dachte weiter über die Gefahr nach, die vom Ewigen Orang-Utan ausging, den in seiner Bibliothek in Prag um 1585 zusammenzutragen Rudolf dem Zweiten gelungen war und der aus Vertretern der drei Hauptrichtungen der gnostischen Philosophie bestand: den aus einem mutmaßlichen zweiten, nicht in die Bibel eingegangenen Buch Esdras entstandenen christlichen Apokryphen, der jüdischen Kabbala und einer dritten,

noch älteren und obskureren Strömung, die ihren Ursprung in den magischen Tafeln der Bibliothek Assurbanipals hatte. Zu der Johnson zufolge das in Anführungszeichen von Lovecraft ›erfundene‹ *Necronomicon* gehören sollte.«

»Lovecraft als augenfälliges, modernes Beispiel für den Ewigen Orang-Utan in Aktion, insofern als er sich eine Wahrheit ausgedacht hat, die bereits existierte.«

»Ganz genau. Man darf nicht vergessen, dass im Jahre 1585 die schreckliche Erfindung des Herrn Gutenberg bereits über hundert Jahre alt war, das Buch war verbreitet worden, und der Ewige Orang-Utan hatte theoretisch gesehen nicht nur die gesamte Ewigkeit zu seiner Verfügung, um Vokale und Konsonanten spielerisch zusammenzufügen, sondern auch noch bewegliche Lettern. Das Risiko war größer geworden, dass die esoterische Sprache versehentlich entschlüsselt würde oder dass irgendwer, ohne es zu wollen, zu dem geheimen Wortschatz des Universums, nach dem die Okkultisten suchten, und zu der ihm innewohnenden Macht vordränge. Mit der Verbreitung der Schrift wuchs die Gefahr des Zufalls, ohne den in der Geschichte natürlich gar nichts passiert.«

»Ich habe einmal eine Erzählung über einen Streik der Götter geschrieben. Einer nach dem anderen beginnen darin die Götter, die das Dasein der Menschen regieren, zu streiken, ohne indes irgend jemandes Leben zu beeinträchtigen. Der Gott der Leidenschaft, der Gott der Begierden, der Gott der Kleinherzigkeit und des Großmuts. Keiner der Streiks hat irgendeine Auswirkung auf das Schicksal der Menschen, von einigen Entbehrungen und Missverständnissen einmal abgesehen. Erst als der Gott der Zufälle sein Wirken einstellt, ändert sich die Geschichte eines jeden. In meiner Erzählung ›Der Gott der Zufälle‹ stirbt Ödipus dramenlos, ohne je seine wahre Geschichte zu erfahren, an Altersschwäche im Kreise seiner Enkel.«

Diese war die zweite der drei Erzählungen, die ich Ihnen, Jorge, geschickt hatte, ohne eine Antwort zu erhalten. Sie ließen sich nicht anmerken, ob sie sie erkannten. Sie konstatierten:
»Ohne Zufall hätte der Ewige Orang-Utan schreiben können, bis er schwarz geworden wäre, ohne je einen *Hamlet* zustande zu bringen. Im Höchstfall hätte er ein paar Waldgedichte eines entfernten Cousins von mir neu geschrieben, Juan Carlos Borges, Sie haben noch nie von ihm gehört. Im übrigen haben wir immer den Verdacht gehabt, dass es ein Affe war, der seine Gedichte verfasst hat.«
Ich wollte nicht erwähnen, dass ich Ihren entfernten Cousin kennengelernt hatte, um nicht auf die Umstände unserer Begegnung fünfundzwanzig Jahre zuvor zu sprechen kommen zu müssen. Ebenso wie ich es vermieden hatte zu erwähnen, dass Dees Ewiger Orang-Utan der dritte hypothetische Orang-Utan in unserer Geschichte war, denn Sie hatten einen weiteren in dem Brief erwähnt, in dem Sie sich über den Ihrer Erzählung

im *Mistério Magazine* hinzugefügten Schweif beschwerten. Wussten Sie, wer ich war, Jorge, oder wussten Sie es nicht? Ging das Spiel in jener magischen Nacht weiter oder nicht?

Sie erzählten, dass in der phantastischen Bibliothek des Königs von Böhmen bei dem Versuch, die Sprache der Geister zu beschwören, die in den Sphären und den Träumen umgeht und die nach Ausdruck und Fortsetzung in den Worten, den Vokalen und den Konsonanten sucht, auf den Zufall zurückgegriffen worden war. Man zog geschlossenen Auges Bücher aus den Regalen, schlug eine beliebige Seite auf und wählte, ohne hinzusehen, eine Zeile aus, die anschließend abgeschrieben wurde. Der Vorgang wurde so lange wiederholt, bis man einen Abschnitt, der entweder ausreichend Sinn ergab oder in seiner Zusammenhanglosigkeit verheißungsvolle Interpretationen zuließ, aneinandergefügt hatte. Sie konnten sich daran erinnern, in der Bibliothek Ihres Vaters, jenes anderen Königs von Böhmen, das gleiche getan zu haben, und dass am Ende wunderbare Geschichten dabei herauskamen, in denen Kobolde mit Tribunen Umgang pflegten, Prostituierte Descartes zitierten und weiße Wale unverhofft in der Pampa auftauchten.

»Es heißt, dass John Dee per Konzentration die Bücher dazu brachte, von den Regalen herunterzufliegen und geöffnet auf den Boden der Prager Bibliothek niederzufallen, und dann studierten alle den Inhalt der aufgeschlagenen Seiten und versuchten, ihre Botschaft zu verstehen. Denn nichts war Zufall, alles war Botschaft.«

»Das glaube ich gern. Alles *ist* Botschaft. Bis hin zu der Form, in der die Haare an einem Stück Seife kleben«, sagte ich.

Sie lachten und antworteten:

»Eine Art der Verbindung mit dem Jenseits, die blinden Badbenutzern verwehrt bleibt.«

Und dann tauchte wie eine Erscheinung die alte, schwarz gekleidete Indianerin aus der Dunkelheit auf, die uns einhüllte, und überbrachte uns eine Botschaft »von der Señora«. Borges musste schlafen. Sie breiteten die Arme aus und sagten lächelnd: »Befehlen von oben muss man Folge leisten.« Und indem sie sich entfernte, stieß die Hausangestellte gegen einen Tisch, und wir hörten den Lärm eines zu Boden fallenden Buches. Unverzüglich gaben Sie ihr Anweisung, das Buch liegen zu lassen, und baten mich, es zu holen. Es handelte sich um eine Auswahl von Poes Erzählungen, die Sie zur Gedächtnisauffrischung aus dem Regal gezogen hatten, als Sie erfuhren, dass der Kongress der Israfel Society überraschend in Buenos Aires veranstaltet werden und Ihre Beteiligung, und wäre sie noch so gering, erwünscht sein würde. Sie fragten:

»Ist das Buch aufgeschlagen hingefallen?«

»Ja«, gab ich zur Antwort.

»Bei welcher Geschichte?«

»›Der Goldkäfer‹.«

»Natürlich.«

Dann sagten Sie, der Tod des unglückseligen Rotkopf habe uns zumindest zu der Gelegenheit verholfen, uns kennenzulernen, zu plaudern und Lösungen zu finden.
»Aber wir haben doch gar keine Lösung gefunden«, protestierte ich.
»Umso besser«, sagten Sie. »Das ist ein guter Vorwand zum Weiterplaudern.«

Und schon aus der Tiefe der Dunkelheit, die unsere verwunschene Runde von der Tür Ihrer Bibliothek trennte, hörte ich Ihre samtige Stimme sagen:
»Wir haben gar nicht über den blinden Buben gesprochen!«

W

Am nächsten Morgen wurde ich von einem Telefonanruf meines Cousins Pipo geweckt. Die Zeitungen hatten die Geschichte von dem Mordfall gebracht, mein Name tauchte in der Nachricht auf, und Pipo sagte, dass meine Tante Sofia höchst besorgt sei. Er hatte seinen Stab in Bewegung gesetzt, und dieser hatte mich wie durch ein Wunder ausfindig gemacht. Ich könne bei allem, was ich brauchte, auf ihn zählen. Falls nötig auch auf einen Anwalt, den besten von Buenos Aires. Ich bedankte mich und sagte, dass ich nichts brauchte und ihn auf dem laufenden halten würde. Ich fragte, wie es Tante Sofia gehe, und ohne die Widersprüchlichkeit zu bemerken, gab Pipo zur Antwort, es gehe ihr gut, sie bekomme nur nichts mehr mit und rede lauter unverständliches Zeugs, wie es schien, auf Deutsch. Pipos Stimme war mit den Jahren noch fiepsiger geworden. Ich bestellte das Frühstück aufs Zimmer und blieb im Bett liegen, genüsslich an unser Gespräch vom vorangegangenen Abend zurückdenkend, bis ich aufstehen musste, um die Kette auszuhaken und den Kellner mit dem Kaffee hereinzulassen. Ich nehme an, dass alle Gäste des Hotels in jener Nacht mit wohlverriegelten Türen geschlafen haben.

Es war ein Tag voller Neuigkeiten, wie Sie sich erinnern, Jorge. Die größte von allen war, dass Cuervo und seine Truppe an diesem Morgen im Hotel nicht nur einen, sondern gleich drei Dolche gefunden hatten.

Das Hotel besaß zwei enge Belüftungsschächte. Zu dem einen gingen die Badezimmerfenster der Räume hinaus, deren Nummern auf 1 und 2 endeten, zu dem anderen die der Zimmer mit den Endnummern 4 und 5. Die Bäder der Zimmer mit der Endziffer 3, wie die 703, in der Rotkopf erstochen worden war, besaßen kein Fenster. Zwei Messer waren in der Tiefe des Schachtes gefunden worden, der die Zimmer 701 und 702 belüftete, und das andere auf dem Boden des Versorgungsschachtes der 704. Keines der Messer wies Blutspuren auf, doch alle drei – teilte mir der aufgeregte Cuervo mit, als wir uns gegen Mittag in der Eingangshalle des Hotels trafen – wurden gerade im Labor untersucht.

In der vorangegangenen Nacht hatte Cuervo, während Sie und ich uns über hypothetische Kongresse der Gnostiker im Prag des sechzehnten Jahrhunderts unterhielten, seine Arbeit erledigt. Er hatte den Bewohner des Zimmers 701 angehört, der niemand Geringeres war als der doppelt niedergemähte Japaner vom Cocktailempfang, ein Professor für englische und amerikanische Literatur namens Ikisara aus Kyoto, der sich zu allen Kongressen der Israfel Society einfand und sich an diesem nun mit einem Abriss über die Frauengestalten bei

Poe beteiligen würde. Der Japaner hatte der Polizei erzählt, dass er meine geräuschvolle Ankunft mit Rotkopf im Hotel vernommen und gesehen hatte, wie ich in das Zimmer des Deutschen hineingegangen war und es vierzig Minuten darauf, sichtlich angetrunken, wieder verlassen hatte. Später, um halb zwölf, war er von dem Lärm erwacht, als jemand gewaltsam gegen die Tür von Rotkopfs Zimmer gehämmert und gerufen hatte: »Machen Sie auf! Hier ist Johnson!« Das Klopfen hatte sich mehrfach wiederholt, doch als er bei der Tür angelangt war, um sich wegen des Krachs zu beschweren, hatte er niemanden mehr gesehen und nicht gewusst, ob Johnson in Rotkopfs Zimmer hineingegangen oder in sein eigenes zurückgekehrt war. Eine halbe Stunde später war der Japaner erneut von Klopftönen wach geworden, und eine Stimme hatte gerufen »Aufmachen! Urquiza hier!« Wiederum hatte der Japaner, als er bei der Tür ankam, nur mehr den leeren Flur erblickt. Er konnte nicht sagen, ob Rotkopf Urquiza die Tür geöffnet hatte, um ihn hereinzulassen, oder ob dieser aufgab und in sein Zimmer zurückkehrte. Schließlich war Professor Ikisara im Morgengrauen von meinem beharrlichen Gehämmer gegen die Tür des Deutschen aufgewacht und hatte die seines Zimmers halb geöffnet. Ihm war meine ungewöhnliche Erregung aufgefallen, und er hatte von da an alle meine Bewegungen auf dem Flur verfolgt. Er hatte mich hinauslaufen und sodann mit dem Nachtportier zurückkommen sehen. Er hatte beobachtet, wie wir die Tür aufbrachen. Er hatte gesehen, wie der Nachtportier mit weit aufgerissenen Augen in den Fahrstuhl stürzte und wie sechs oder sieben Minuten darauf mehrere Personen aus dem Aufzug und von der Treppe in den Flur drängten. Und er hatte mit Entsetzen gesehen, wie alle, die das Zimmer 703 betraten, mit blutverschmierten Füßen wieder herauskamen.

»Drei Dolche?!«

»Ja. In verschiedenen Größen. Alle drei sind erst vor kurzem in den Schacht geworfen worden, so viel war zu erkennen. Das Sachverständigengutachten wird klären, welcher von den dreien bei der Tat verwendet wurde.«

»Vielleicht sind sie alle drei benutzt worden.«

»Also bitte ...«, sagte Cuervo und presste, Kopfschmerzen vorausahnend, dramatisch die Fingerspitzen gegen die Schläfen. *»Alles, nur keine Rituale.«*

»Borges wird es gefallen, von den drei Dolchen zu erfahren«, sagte ich.

»Ja, Borges wird sein Vergnügen daran haben ...«, seufzte Cuervo, so als ob das ebenfalls ein Grund für seine wahrscheinlich bevorstehende Migräne wäre.

Wir verabredeten, dass wir nach einem gemeinsamen Mittagessen zu Ihnen in die Bibliothek zurückkehren und Ihnen die Neuigkeiten des Tages bringen würden.

Während des Mittagessens erzählte mir Cuervo, dass er, wie vorhergesehen, Schwierigkeiten beim Verhör Oliver Johnsons gehabt hatte, der sich nur bereit erklärt hatte, in Anwesenheit eines Vertreters des amerikanischen

Konsulats auf Fragen zu antworten. Johnson stritt ab, gegen halb zwölf an Rotkopfs Tür geklopft zu haben. Er bedauere den Tod von Dr. Rotkopf, doch könne er nicht sagen, dass dieser ihn überrascht habe. Rotkopf sei ein Provokateur, er reize die Gemüter, und wenn er die Gelegenheit gehabt hätte, dann hätte er selbst … Und dann hielt Johnson sich zurück, und ihm wurde bewusst, dass er, wenn er an Rotkopfs Tür geklopft und dieser aufgemacht hätte, seine Gelegenheit gehabt hätte. Und ein Motiv dafür, zu bestreiten, dass er an die Tür geklopft hatte.

Johnson hatte sich damit einverstanden erklärt, noch einige Tage in Buenos Aires auszuharren, bis alles aufgeklärt wäre. Doch würde er nicht im Hotel bleiben. Das Konsulat hatte ihm eine andere Unterkunft besorgt.

»Und Urquiza?«, fragte ich.

»Der bestreitet ebenfalls, gegen Mitternacht bei Rotkopf geklopft zu haben. Er sagt wieder und wieder, er habe nichts von dem gehört, was sich in der 703 abgespielt hat.«

»Angenommen, einer der beiden lügt und ist der Mörder, entweder der Halb-zwölf-Mörder oder der Mitternachtsmörder. Wie ist dann zu erklären, dass Rotkopf um drei Uhr morgens bei mir angerufen hat?«

»Er kann jederzeit erstochen worden sein, nachdem Sie sein Zimmer verließen. Es kann Stunden gedauert haben, bis er tot war. Er kann Stunden gebraucht haben, um sich zum Telefon zu schleppen.«

»Und dann, um zum Spiegel zu kriechen.«

»Genau. Und den Anfangsbuchstaben des Mörders zu hinterlassen ...«

Cuervo teilte unsere Begeisterung für die kryptographischen Anstrengungen des Toten entschieden nicht, Jorge.

Ich hatte ebenfalls Neuigkeiten. Zwei, doch nur eine davon eignete sich zum Erzählen. Als ich in der Nacht zuvor im Hotel eingetroffen war, hatte ich Angela an der Rezeption vorgefunden. Der Abbruch des Kongresses verlangte den Empfangsdamen doppelten Arbeitseinsatz ab, die die Stornierung der Reservierungen und die Umbuchungen der Tickets erledigen und sich um die Kongressteilnehmer kümmern mussten, denen es die Sprache verschlagen hatte. Angela war am Ende ihrer Kräfte und schlug vor, dass wir in mein Zimmer hoch gingen, um etwas zu trinken. Sie fing an sich auszuziehen, noch bevor der Zimmerservice kam, und wir ließen unsere Whiskys unangerührt auf dem Nachttisch stehen. Angesichts ihrer Nacktheit und ihrer zärtlichen Glut durfte ich mich ruhig als sprachloser Kongressteilnehmer erweisen. Sie hatte genau zwischen den Brüsten ein Muttermal, und ein zweites exakt zwischen diesem und dem Bauchnabel, die beide zusammen mit den Brustwarzen und dem Mal auf der Stirn in erstaunlicher Symmetrie eine Art punktförmiges Kreuz bildeten, doch was Tante Raquel am meisten gefallen würde, war, dass sie ebenfalls Jüdin war. Ein jüdischer Engel namens Angela. Als Pipos Anruf mich weckte, war sie bereits verschwunden. Die zum Erzählen geeignete Nachricht, sofern ich nur wegließ, dass die plötzliche Erinnerung an sie mir zwischen jenen Engelsbrüsten in den Kopf geschossen war, besagte, dass die V-förmige Leiche Rotkopfs nicht mit dem Gesäß gegen den Spiegel gelehnt hatte, wie von mir behauptet. Ich hatte mich geirrt. Nach der Liebe hatte ich mich, auf dem Kreuz auf Angelas Körper ruhend, genauer erinnert. Rotkopfs zu einem V geformter Leib lag mit den Füßen an den Spiegel gelehnt, und das Hinterteil zeigte ins Zimmer. Als ich hereingekommen war, hatte ich kein X gesehen, sondern ein W!

Ich beschloss, mit dieser Information nicht zu Cuervos drohendem Kopfschmerz beizutragen. Ich würde sie für Sie aufsparen, Borges. Ich fragte:

»Ist der richtige Anfangsbuchstabe nun das X von Xavier oder das O von Oliver?«

»Beide können es sein. Wenn nur einer von ihnen bestritten hätte, an Rotkopfs Tür geklopft zu haben, wäre naturgemäß er der Verdächtige. Es haben aber beide geleugnet. Wenn beide an seine Tür geklopft haben, wem hat Rotkopf dann geöffnet? Johnson hat zuerst geklopft, dem Japaner zufolge. Er ist der Hauptverdächtige. Aber jeder der beiden kann Rotkopf umgebracht haben, in sein Zimmer zurückgekehrt sein und das Messer aus dem Badezimmerfenster geworfen haben. Beide hatten Zimmer mit Fenstern zu einem Schacht.«

»Aber in dem einen Schacht lagen zwei Messer.«

»Stimmt …«, sagte Cuervo und verzog das Gesicht wie jemand, der lieber nicht daran erinnert werden wollte. »In dem Belüftungsschacht des Bades von der 702, dem Zimmer Olivers, und von der 701 …«
»Des Japaners.«
»Dr. Ikisara.«
Und Cuervo seufzte abermals.
»Borges und mir ist es lieber, wenn Oliver Johnson der Mörder ist«, sagte ich.
»Warum?«
»Die literarischen Möglichkeiten sind sehr viel verheißungsvoller. Die Geschichte kann im alten Ägypten ihren Anfang nehmen.«

Doch Cuervo lächelte nicht einmal. Er überlegte, was schlimmer wäre, einen Amerikaner zu beschuldigen, einen berühmten Landsmann, der fraglos sein Prestige in die Waagschale werfen würde, um sich dem Prozess zu entziehen, oder einen reizbaren Japaner, dessen scheinbar einziges Motiv zum Töten in dem Umstand lag, dass er von dem Opfer zweimal auf ein und demselben Cocktailempfang über den Haufen gerannt worden war. Die Laboruntersuchungen würden einen Teil des Rätsels lösen. Doch wer auch immer der Mörder sein mochte, es blieb die Frage, wie er aus einem verriegelten Zimmer verschwunden war, ohne es aufzuschließen.

Auf dem Weg zu Ihrem Haus, Borges, erzählte ich Cuervo, worüber wir uns in der Nacht zuvor unterhalten hatten. Er schilderte, wie die Polizei alle fünf Zimmer des siebten Stockwerks durchsucht hatte, einschließlich des Zimmers des Toten, und mit großer Gewissenhaftigkeit das Zimmer 705, das von einem Handlungsreisenden aus Córdoba bewohnt wurde, der keine Ahnung hatte, was los war, und der weder Edgar Allan Poe kannte noch, um ehrlich zu sein, irgendeinen anderen Rockstar. Nicht das geringste war in Rotkopfs Zimmer gefunden worden, außer seiner Kleidung, bei der die große Anzahl von Wollsocken aufgefallen war. Keine Rede oder Notizen oder überhaupt irgendeine Sorte beschriebenen Papiers. Wenn seine Unterlagen nicht gestohlen worden waren, dann hatte Rotkopf vorgehabt, bei der Eröffnung des Kongresses aus dem Stegreif zu sprechen. Urquiza hatte sich geweigert, seine Koffer zu öffnen. Johnson hatte die seinen unter Protest aufgemacht und seinen Text mit dem Vortrag, den er über Lovecraft, Poe und das *Necronomicon* mit noch unveröffentlichten Erkenntnissen halten wollte, sowie die übrigen Papiere, die er dabeihatte, hergezeigt. Keines schien aus Rotkopfs Zimmer entwendet worden zu sein. Unter den Schriftstücken von Professor Ikisara befand sich ein Brief der Organisatoren des Kongresses, ein Antwortschreiben auf eine offenbar unverschämte Anfrage des Japaners, in dem erklärt wurde, dass die Israfel Society beschlossen hatte, die Zusammenkunft ausnahmsweise in Buenos Aires abzuhalten. Die Antwort hatte Professor Ikisara nicht überzeugt.

»Drei Dolche?!«

Sie strahlten, Borges. Bei unserer Ankunft teilten Sie mit, Ihnen sei es seit langem nicht mehr so großartig gegangen. Sie fühlten sich wie neu erblüht und verspürten das Bedürfnis zu schreiben.

»Wer gibt uns die Garantie, dass nicht ich der Ewige Orang-Utan des John Dee sein werde, was, Vogelstein? Ich werde ewig leben und alles schreiben, was auf der Welt geschrieben worden ist. Ein gut Teil habe ich ja bereits geschafft.«

Cuervo war zu sehr in seine Zweifel versunken, um zu fragen, was denn das für ein neuer Orang-Utan in der Geschichte war. Sie sprachen weiter:

»Eines Tages werde ich rein zufällig die verhängnisvollen Vokale und Konsonanten zusammenfügen, und die Welt wird verschwinden. Da für mich die Welt tatsächlich bereits verschwunden ist, werde ich den Unterschied nicht bemerken. Ich werde auf ewig weiter meine Bücher diktieren, in dieser Bibliothek, und werde mich lediglich darüber wundern, dass der Tee so lange auf sich warten lässt. Oder wird die Ewigkeit des hypothetischen Orang-Utans enden, wenn er den geheimen Namen Gottes niederschreibt? Was meinen Sie, Vogelstein?«

»Ich weiß nicht«, antwortete ich. »Wenn die Ewigkeit unendlich ist, dann kann nicht einmal das Ende allen Seins sie begrenzen. Ich sehe schon den Orang-Utan, wie er am Ende ganz alleine alle und alles überlebt, einschließlich Gott. Er wird der letzte Autor sein.«

»Und dann will ich doch mal sehen, ob sie ihm nicht den Nobelpreis verleihen, was, Vogelstein?«
»Undenkbar.«
In dem Moment unterbrach Cuervo unsere Plauderei ungeduldig mit einem Bericht über seine bisherigen Nachforschungen und der Nachricht von den drei Dolchen. Und Sie staunten.
»Drei Dolche?!«
Sie erinnerten daran, dass der Stadtteil Palermo, in dem Sie groß geworden waren, ein gewalttätiges Pflaster von Bohemiens und Gaunern war. Und dass man dort zwei Bezeichnungen für den Dolch kannte, »das Eisen« und »der Rastlose«. Beide Namen beschrieben denselben Gegenstand, doch *das Eisen* war das Ding, *der Rastlose* beschrieb seine Funktion. *Das Eisen* passte sogar in die Hand eines schmächtigen, in der Bibliothek seines Vaters in Klausur gegangenen Jungen, *das Eisen* konnte irgendeines der eingemotteten Schwerter oder Degen seines kriegslustigen Groß- oder Urgroßvaters sein, die an den Wänden seines Hauses ausgestellt waren, doch *der Rastlose*, der Dolch in der Hand, der sich hin und her bewegte, existierte nur in seiner Vorstellung, einer faszinierenden Welt der schnellen Abrechnungen und Duelle um der Ehre willen, wegen einer Beleidigung oder wegen einer Frau, in dunklen Gassen, in denen Sie nicht verkehrten, in denen kein Schriftsteller verkehrte, außer in Ihrer Literatur.
»Ich bin immer der Ansicht gewesen, dass es essentiell für einen großen Schriftsteller ist, die Erfahrung des

Meeres gemacht zu haben, und dass deshalb Conrad und Melville und in gewisser Weise Stevenson, der seine Tage auf den Meeren des Südens beschloss, besser waren als wir alle, Vogelstein. Auf See ist der Schriftsteller vor den unbedeutenderen Dämonen gefeit, er muss sich nur mit den entscheidenden messen. Bei Conrad sagt eine Figur, sie habe eine grauenvolle Angst vor den Häfen, weil dort die Schiffe vermodern und die Menschen zum Teufel gehen. Er meinte die Teufel der Heimeligkeit und der mangelnden Entschlossenheit, die kleinen Teufel des Festlandes. Allerdings denke ich, dass eine Erfahrung mit dem ›*Rastlosen*‹ dem Schriftsteller das gleiche Gefühl vermitteln würde wie zur See zu fahren, auf spektakuläre Weise die Grenzen seiner Trägheit und seiner Entfremdung von den wesentlichen Fragen der Welt zu sprengen.«

»Sie wollen sagen, dass ein Schriftsteller, der jemandem drei kräftige Dolchstiche verpasst, anführen kann, er habe lediglich seinen Stil verbessern wollen?«

»So ungefähr. Erfahrungen und Atmosphäre sammeln.«

»Es heißt, Turner, der Maler, habe sich an Schiffsmasten gefesselt und Stürmen auf hoher See getrotzt, um die Farben und die Dünung in allen Details richtig zu treffen.«

»Und es hat funktioniert. Aber weder Sie noch ich werden je ›*den Rastlosen*‹ kennenlernen, Vogelstein. Wir sind zu ›*dem Eisen*‹ verdammt, zum Dolch als bloßer Theorie. Denn selbst wenn wir ›*den Rastlosen*‹ gegen jemanden einsetzten, würden wir auf unserer eigenen

Seite stehen, teilnehmen, die Szene analysieren, und mithin hoffnungslos mit ›*dem Eisen*‹ in der Hand dastehen. Ich glaube, ich könnte niemanden außer meinen Figuren umbringen. Und auf See würde ich mich ebenfalls nicht wohl fühlen. Dort kann man keine Bibliothek haben. Das Meer ersetzt die Bibliotheken.«
»Jules Vernes Kapitän Nemo hatte das Meer und eine Bibliothek.«
»Aber, soweit bekannt ist, keinerlei literarisches Talent.«

»Und?«, fragte Cuervo.
»Was und?«, erwiderten Sie.
»Die drei Dolche. Das Klopfen an Rotkopfs Tür. Das verschlossene Zimmer. Was haben wir nun letztlich in der Hand?«
Zu allem Überfluss schien es bei Cuervo mit der Verdauung seines Mittagessens nicht richtig zu klappen. Sie bissen sich auf die Unterlippe, um zu verdeutlichen, dass Sie nachdachten, oder vielleicht um vor Cuervo Ihr zufriedenes Lächeln zu verbergen. Wir hatten Ihnen mit unserer Blutlache und unseren Rätseln tatsächlich wieder zu Gesundheit und guter Laune verholfen, Jorge.
»Nun … Rotkopf auf derselben Etage mit seinen beiden Widersachern, drei, wenn wir den Japaner hinzurechnen, den er zweimal umgerannt hat. Drei Verletzungen am Körper des Toten. Nun die drei Dolche in den beiden Schächten … Wenn die Natur uns irgend etwas lehrt, meine Herren, dann, übermäßiger Symmetrie zu misstrauen. Zwei Haare an einem Stück Seife, die das

Profil eines Buddhas oder das von W.C. Fields zeichnen, sind ein Zufall, zwei Haare, die ein tadellos in der Mitte ausgerichtetes Kreuz bilden, sind eine Botschaft. Jede übermäßige Symmetrie ist widernatürlich; hinter ihr steht eine menschliche oder eine übersinnliche Absicht, und dahinter liegt ein Rätsel verborgen.«

Sie saßen aufgekratzt da, Jorge. Auf der Sesselkante.

»Was wir in der Hand haben, fragen Sie? Wir haben einen Japaner, der lügt, und zwei Abendländer, die ebenfalls lügen. Wenn der Japaner die Wahrheit gesagt hat, dann ist einer der lügenden Abendländer der Schuldige. Aber warum haben die beiden Westler geleugnet, an der Tür des Opfers geklopft zu haben? Der eine, der Schuldige natürlich, um sich nicht zu belasten. Und der andere?«

»Ebenfalls, um sich nicht zu belasten, selbst wenn er unschuldig ist«, schlug ich vor.

»Aber wenn Urquiza wusste, dass Johnson vor ihm an Rotkopfs Tür geklopft hatte, dann brauchte er nicht zu lügen. Er könnte problemlos sagen, dass er geklopft hat und Rotkopf zweifellos deshalb nicht öffnete, weil er bereits erstochen worden war. Von Johnson.«

»Und wenn der Japaner gelogen hat?«, fragte Cuervo.

Gewagt antwortete ich:

»Dann ist er der Schuldige. Nur er hat an Rotkopfs Tür geklopft, ihn ermordet und sodann das Messer aus dem Badezimmerfenster des Raumes geworfen. Und er hat das Türklopfen der anderen erfunden, um einen von ihnen zu belasten.«

»Und die beiden anderen Messer?«, wollte Cuervo wissen.
»Keine Ahnung«, antwortete ich wenig wissenschaftlich.
Sie schüttelten den Kopf.
»Nein. Weder der Japaner hat gelogen noch Urquiza. Der einzige Lügner in dieser Geschichte ist Oliver Johnson.«
»Aber der Japaner hat gesagt, er habe gehört, wie Urquiza gegen Rotkopfs Tür gehämmert hat, und Urquiza hat das bestritten!«
»Weil Urquiza nicht an Rotkopfs Tür geklopft hat. Ihrem Bericht zufolge, Cuervo, hat der Japaner lediglich gehört, wie Urquiza um Mitternacht an eine Tür gepocht und gerufen hat: ›Aufmachen, Urquiza hier.‹ Was gibt uns die Gewähr, dass es Rotkopfs Tür war? Es kann auch die von Johnson gewesen sein.«
»Der nicht öffnen konnte, weil er sich zu jenem Zeitpunkt in Rotkopfs Zimmer befand und diesem drei Stiche mit dem ›*Rastlosen*‹ verpasste«, rief ich.
»Oder versuchte, Rotkopf dazu zu überreden, ihn tags darauf nicht moralisch zu vernichten«, fuhren Sie fort, »indes ohne Erfolg. Rotkopf dürfte mit seinem aufreizenden kleinen Vers geantwortet haben ›Israfel, Israfel, does it ring a bell?‹, und Johnson konnte sich nicht beherrschen. Niemand hätte das gekonnt.«
Cuervo verzog schmerzlich das Gesicht.
»Und was wollte Urquiza von Johnson?«, fragte er. »Ihn wahrscheinlich davon abbringen, seine Arbeit über das

Necronomicon vorzulegen, und wenn ihm das nicht gelungen wäre, ihn ebenfalls töten.«

Ich ergänzte Ihre These in literarischer Manier, Jorge. »Johnson ist bei Rotkopf im Zimmer, als dieser mich morgens um drei anruft. Sie hatten sich seit halb zwölf gestritten. Johnson durchsucht das Zimmer nach Rotkopfs Rede, während dieser in seiner Blutlache mit dem Tod ringt. Zu spät bemerkt Johnson, dass Rotkopf noch lebt, dass er es geschafft hat, zum Telefon zu gelangen, und dass er jemanden angerufen hat. Er verlässt eilends den Raum, vielleicht, nachdem er Rotkopf noch einen dritten Stich versetzt hat, geht in sein Zimmer und schließt die Tür, Sekunden bevor ich aus dem Fahrstuhl steige. Er wischt das Mordmesser sauber und wirft es aus dem Badezimmerfenster.«

»Zuvor«, fuhren Sie kollegial fort, »hatte Urquiza es aufgegeben, weiter an Johnsons Tür zu klopfen, und war in sein Zimmer zurückgekehrt. Am darauffolgenden Tag, als er von der Ermordung Rotkopfs erfährt, beschließt er, im Zweifel sein Messer lieber aus dem Badezimmerfenster zu werfen.«

»Sehr gut«, sagte Cuervo und presste sich die Schläfen. »Für zwei Dolche haben wir eine Erklärung. Und was ist mit dem dritten?«

Jorge und ich, wir schwiegen unisono.

»Und wie hat Johnson das Zimmer verlassen, ohne die Tür zu entriegeln?«, bohrte Cuervo nach.

Wir schwiegen weiter.

Bis Sie, bemüht, Ihren Spott über Cuervos Martyrium zu verbergen, sagten:
»Nun, es fehlen noch ein paar Kleinigkeiten …«

Ich fragte, was Sie mit übermäßiger Symmetrie sagen wollten. Sie eröffneten uns, ebenfalls Neuigkeiten zu haben. Sie hatten Ihre Schlaflosigkeit in der vorangegangenen Nacht dazu genutzt, aus der Tiefe Ihres Gedächtnisses alles, was Sie über das *Necronomicon* wussten, hervorzukramen, ebenso wie über Ihre Studien zu John Dee. Ihnen war eingefallen, dass der Einfluss der magischen Kräfte, der toten Namen, zwischen den Quadranten der Erde verteilt war, und dass die mächtigsten Gottheiten die des südlichen Quadranten waren, Azathoth und Yog-Sothoth, der König und der Prinz des Chaos, die einzigen, die Hastur, den Lenker des Windes, den Zerstörer, beschwören konnten. Sie wussten dunkel, dass es irgendeine Verbindung zwischen Hastur und unserem Fall gab, und am Ende des Abends war es Ihnen schließlich eingefallen: Im Inhaltsverzeichnis der Übersetzung des *Necronomicon*, die Lovecraft John Dee zuschrieb, hatte das Kapitel über Hastur die Nummer zehn. Das X, das Rotkopf im Spiegel gezeigt hatte. Die Zehn, die bei dem Buben und dem König aus dem Kartenspiel lag. Und zweifellos erinnerten wir uns an den plötzlichen Sturmwind in der Tatnacht.

Falls Sie die Absicht hatten, Cuervo noch weiter aufzubringen, so war Ihnen das gelungen.

Er stand nun aufrecht da.

»Heißt das, der Mörder ist nicht länger Johnson, sondern Hastur, ein böser Geist?«

»Damit haben wir zumindest das Problem des verschlossenen Zimmers gelöst. Geister können durch Wände gehen«, provozierte ich ihn.

»Oder wer weiß, vielleicht ist Johnson eine Verkörperung von Hastur, wo er doch angeblich alle Zauberformeln des *Necronomicon* entziffert haben soll«, setzten Sie hinzu.

»Nun aber mal ganz im Ernst«, verlangte Cuervo.

»Finden Sie es etwa unernst, wenn die Israfel-Gesellschaft zum ersten Mal in ihrer Geschichte beschließt, ihren Kongress in der südlichen Hemisphäre abzuhalten, und Rotkopf, Urquiza und Johnson finden sich im selben Stockwerk desselben Hotels wieder? Vielleicht waren sie auf Geheiß von Azathoth und Yog-Sothoth, dem König und dem Prinzen des Chaos, dort, um sich gegenseitig um die Ecke zu bringen. Einschließlich des Japaners, der den Absichten des Vorstandes der Israfel-Gesellschaft misstraute. Über den im übrigen kaum etwas bekannt ist.«

»Da ist nur ein Problem …«, sagte ich unbeholfen.

»Welches denn?«

»Es war kein X.«

»Was war kein X?«

»Das, was Rotkopfs Körper im Spiegel zeigte. Es war ein W.«

Cuervo ließ meine Entschuldigung nicht gelten. All die verlorene Zeit wegen einer falschen Erinnerung! Doch ich sah, dass Sie sich auf die Unterlippe bissen und dass Ihre Gedanken bereits einen anderen Weg eingeschlagen hatten. Sie sagten:

»Ein W … Interessant. Das Symbol des Zwiefachen, der Dualität, der Zwillinge, des Doppelgängers. Es gibt eine Geschichte von Poe mit dem Titel ›William Wilson‹ über einen Mann, der von seinem Doppelgänger, von seinem Spiegelbild, das sein moralisches Selbst ist, zerstört wird. Ich habe in gewisser Weise immer eine panische Angst vor Spiegeln gehabt …«

»Ich weiß.«

»Was wollte Rotkopf uns mit dem W sagen? Keiner der möglichen Verdächtigen hat einen Namen, der mit diesem Buchstaben beginnt. Außer dass … Heißt der Japaner mit Vornamen Watanabe?«

»Nein«, sagte Cuervo. »Er heißt Miro.«

»Und wenn Rotkopf uns mitteilen wollte, dass er von seinem Spiegelbild angegriffen wurde?«, fragten Sie. »Von seinem moralischen Selbst? Demnach zu urteilen, was man über Rotkopfs Charakter weiß, dürfte sein Gegenstück ein Musterexemplar des Respekts vor den Mitmenschen, ein Wundertier der Rechtschaffenheit sein. Da haben wir es, der Mörder wäre das Gewissen des Deutschen, das seine Auflehnung gegen das, was es zu verarbeiten gezwungen war, nicht länger zurückhalten konnte, und aus dem Spiegel geschnellt ist. In der Erzählung von Poe erträgt das moralische Selbst alles, bis es nicht mehr kann, bis William Wilson eine unentschuldbare Gemeinheit begeht. Was mag wohl Rotkopfs Doppelgänger dazu herausgefordert haben, ihn am Ende zu töten?«

»Wenn ich es recht bedenke, dann habe ich Rotkopfs Stock nicht bei der Leiche liegen sehen. Sein Spiegelbild muss ihn mitgenommen haben, als es durch das geschlossene Zimmerfenster aus dem Hotel geflohen ist.«

»Es gibt da ein technisches Problem. Wenn Rotkopfs Spiegelbild ihn umgebracht hätte und dann geflohen wäre, dann hätte seine Leiche nicht im Spiegel zu sehen sein können. Dann wäre sie bloß ein V vor einem leeren Spiegel gewesen.«

»Und woher hat sich das Spiegelbild das Spiegelbild eines Dolches beschafft, um ihn zu ermorden?«

Cuervo gab auf. Er hatte Besseres zu tun, als sich dieses Zeug anzuhören. Er musste mit seinen Tatermittlungen weiterkommen, wissenschaftlich vorgehen statt spekulativ, und auf unsere Hilfe konnte er nicht mehr zählen, denn es war offenkundig, dass wir irreredeten. Bevor er ging, kündigte er an, dass er den Vorstand der Israfel-Gesellschaft dazu zwingen werde, sich zu erkennen zu geben und sich zu äußern. Unter anderem, um bei der Entscheidung mitzuwirken, was mit den sterblichen Überresten Rotkopfs zu geschehen habe, der, soweit bekannt, weder in Mexiko noch in Deutschland Familienangehörige hatte.

Nachdem Cuervo gegangen war, verharrten wir schweigend und lauschten dem Summen des Ofens. Uns fehlte das Publikum. Nach ein paar Minuten erzählten Sie:

»Es heißt, dass ein Doppelgänger von mir in Buenos Aires frei herumläuft. Das ist einer der Mythen, die über mich erfunden worden sind. Beim letzten Mal, als ich mich deutlich in einem Spiegel sehen konnte, soll mein Abbild geflohen sein, um bewahrt zu werden, während ich verfalle. Freunde erzählen, dass sie meinen Doppelgänger zuweilen auf der Straße erblicken und dass er ein beneidenswertes Sehvermögen haben soll, er soll angeblich die Spalten des Mondes ohne Teleskop erkennen können, dafür allerdings unter Phantasiemangel leiden. Es muss sich um eine Art Standardwiedergutmachung handeln, auf die die Schriftsteller Anspruch haben, Vorstellungskraft statt Augenlicht. Denken Sie an Joyce.«

»Und an Homer.«

»Und an Echnathon.«

»War Echnathon blind?«

»Als er starb, schon. Es heißt, er habe sich selbst verstümmelt, am Ende einer Geschichte voller Blutschande und Schuld, so wie bei Ödipus. Es scheint, als seien die Ägypter von ihren Sitten her den Griechen voraus gewesen, besonders die Pharaonen.«

»Aber Echnathon war kein Schriftsteller.«

»Er war derjenige, der sich den Monotheismus ausgedacht und Gott erfunden hat. Mag sein, dass er kein Schriftsteller war, aber er hatte die Gabe, gute Figuren zu erschaffen. Mein Doppelgänger hingegen, so wird gesagt, geht nicht nur keiner literarischen Betätigung nach, sondern wurde schon dabei gesehen, wie er Buchläden angegriffen und Bibliotheken verwüstet hat. Er hasst Bücher, er bezeichnet sie als Feinde des Lebens.«

Ich erwähnte auch nicht, dass ich Borges Luis Jorge, Ihr Pendant, kennengelernt hatte, um nicht die Umstände unserer Begegnung wieder aufzuwärmen. Stattdessen erzählte ich die dritte Geschichte, die ich Ihnen geschickt hatte und die von Ihnen ebensowenig zur Kenntnis genommen worden war wie die beiden anderen. Eine Erzählung, die auf eben meiner Reise nach Buenos Aires aufbaute, die ich unternommen hatte, um Ihnen einen Besuch abzustatten. Ein Mann fährt auf der Suche nach einem Meisterautor in eine Metropole auf der Südhalbkugel und findet eine magische Stadt vor, die nur aus den Orten gemacht ist, die der Schriftsteller beschrieben hat – dem Gebäude, in dem er geboren wurde, den Häusern, in denen er gewohnt hat, dem Gymnasium, in dem er zur Schule gegangen ist, den Bars und Buchläden, die er besucht hat, und so fort. Der Rest der Stadt existiert nicht, besteht aus leeren Orten zwischen den Plätzen, die der Besucher aus den Romanen und Erinnerungen des Meisterautors wiedererkennt. Es gibt nur zwei Hunde und eine Straßenbahn in der Stadt: die Hunde, die der Schriftsteller aus seiner Kinderzeit erinnert, und die einzige Straßenbahn, die in seinem gesamten Werk beschrieben wird. Aber es ist kein Mensch auf den Straßen der Stadt. Als er endlich jemandem begegnet – einem Bettelpoeten, den der Besucher als eine Figur aus einer Parabel des Meisterautors ausmacht –, sagt ihm dieser in Versen, dass alle Einwohner der Stadt sich in der einzigen Kirche des Ortes befinden, der Kirche, in der der Meisterautor getauft worden ist. Und dort sind alle seine Figuren versammelt und dazu noch sein Vater und seine Mutter, Großeltern und Urgroßeltern, die Schulkameraden aus dem Gymnasium, die Liebschaften und Freunde, die in seinen Büchern erwähnt werden, alle halten sie die Totenwache für den verstorbenen Meisterschriftsteller. Und während sie wachen, entschwinden sie einer nach dem anderen, bis um den Sarg inmitten des Nichts – denn die Kirche selbst und die Stadt sind ebenfalls verschwunden – nur noch drei oder vier Menschen übrigbleiben. Einer ist ein Literaturkritiker, von dem der Meisterautor in einer kaum kaschierten Figur ein giftiges Porträt gezeichnet hat und der sich rings umschaut und sodann, an den Besucher gewandt, bemerkt: ›Ich habe ja schon immer gesagt, dass von seinem Werk nicht viel übrigbleiben dürfte …‹, bevor auch er fortgeht.

Ein weiteres Mal gaben Sie keinerlei Zeichen, dass Sie die Geschichte wiedererkannt hatten. Als ich mit dem Erzählen fertig war, bissen Sie sich nachdenklich auf die Unterlippe. Dann sagten Sie:
»Das W nützt uns nichts. Das W nützt uns entschieden gar nichts, mein werter Vogelstein.«

Ich war schon im Begriff, mich zu verabschieden, doch Sie baten mich zu bleiben. Vielleicht hatten wir Glück, und irgendein Buch kam von einem Regalbrett heruntergesegelt und fiel uns aufgeschlagen auf der Seite, die alles lösen würde, vor die Füße. Und den Rest des Nachmittags plauderten wir über die englischen Autoren des neunzehnten Jahrhunderts und von welchen unter ihnen man sich vorstellen könne, dass sie ohne Ächtung durch ihr Gewissen einen Mord begingen, indem sie ein ›*Eisen*‹ in einen ›*Rastlosen*‹ verwandelten. Wir sprachen auch über die Symmetrie in Ihrem Werk, wissen Sie noch? Wie Sie Ihre erste Kriminalgeschichte publizierten, ›Der Garten der Pfade, die sich verzweigen‹, genau einhundert Jahre nach der Veröffentlichung von Poes erster Erzählung, und andere Übereinstimmungen, die uns in den Sinn kamen. Und wir tranken Tee.

M

Dritter Tag. Dieses Mal kommt der Anruf, der mich aufweckt, von Cuervo. Er hat die Laborergebnisse. Die Wissenschaft funktioniert. Mikroskopisch feine Blutspuren beweisen: Nur einer der Dolche wurde bei der Tat verwendet. Einer der beiden aus dem Schacht, auf den die Badfenster der Zimmer 701 und 702 zeigen. Das Blut an dem Dolch ist das von Rotkopf, daran besteht keinerlei Zweifel. Schuld an seinem Tod ist Johnson, oder der Japaner. Urquiza ist unschuldig. An keinem der Dolche befinden sich Fingerabdrücke. Die Herkunft von allen dreien wird nun ermittelt. Ich frage, ob er noch irgend etwas über die Israfel-Gesellschaft herausbekommen hat. Cuervo erzählt, dass er sich angestrengt darum bemühe, Urquiza, den Vertreter der Gesellschaft in Argentinien, zur Mitarbeit zu überreden. Urquiza hat angekündigt, dass er nach Mendoza zurückkehren werde, sobald er Rotkopfs Leiche wohin auch immer aufgegeben habe, und dass er beabsichtige, den Fall, einschließlich der Schmach, zu den Verdächtigen gezählt worden zu sein, zu vergessen. Vielleicht muss Cuervo dem Justizminister Beine machen, um Urquiza in Buenos Aires zurückzuhalten und ihn zur Kooperation zu zwingen.

Und was mit mir sei, will Cuervo wissen. Ob ich noch einige Zeit in Buenos Aires bleiben könne, um bei den Ermittlungen behilflich zu sein? Ich zögere. In der vergangenen Nacht ist Angela erneut zu mir ins Zimmer gekommen. Nachdem wir uns geliebt hatten, riet sie mir, nach Hause zurückzukehren. Sie werde sich um mein Ticket kümmern, sie werde alles besorgen. Ich brauchte nicht länger in Buenos Aires zu bleiben. Ich hätte meinen Teil bereits erledigt. Ich solle Abstand gewinnen von dieser blutrünstigen Geschichte und versuchen zu vergessen, was geschehen war. Ich bin ganz ihrer Meinung, aber ich denke an Sie, Jorge. Denke an unsere Nachmittage. Wann werde ich jemals wieder eine Gelegenheit wie diese haben, um mit Ihnen zu plaudern? Das Hotelzimmer ist noch weitere vier Tage für mich reserviert. Nichts ruft mich vor Ablauf einer Woche nach Porto Alegre und nach Bonfim zurück. Nicht mal ein Kater. Ich sage zu Cuervo, dass ich nachdenken müsse. Ich möchte mich nützlich machen, aber ich kann nicht mehr tun, als ich schon getan habe. Mein Gedächtnis ist letztlich keine zuverlässige oder besonders genaue Informationsquelle, wie Cuervo bereits festgestellt hat. Ich erzähle ihm nicht, dass ich in der vergangenen Nacht in Angelas Armen, auf dem gepunkteten Kreuz auf ihrem Körper eine weitere geistige Rekonstruktion meines Eintretens in Rotkopfs Zimmer angestellt habe und dass mir dabei bewusst geworden ist, mich wiederum geirrt zu haben. Ich hatte kein V gesehen, dessen eine Spitze den Spiegel berührte, dessen

Scheitelpunkt zur Tür zeigte und das im Spiegel ein W bildete. Ich hatte ein V gesehen, dessen eine Spitze den Spiegel berührte und dessen Öffnung in Richtung Tür zeigte. Es bildete im Spiegel ein M.

Als ich aufstehe, um dem Kellner mit dem Kaffee die Tür zu öffnen, bemerke ich, dass Angela mein Ticket mitgenommen hat, als sie am Morgen, ohne mich zu wecken, das Zimmer verließ.

Ich aß alleine in der Nähe des Hotels zu Mittag. Hinterher machte ich mich auf, die Calle Suipacha hinunterzuschlendern, um zu versuchen, eine Entscheidung darüber herbeizuführen, was ich tun sollte. Sofort nach Porto Alegre zurückkehren oder bleiben? Ein schwarzer Wagen hielt an der Bordsteinkante. Cuervo, der mich aufforderte, mit zu Ihnen zu fahren, Jorge. Er hatte Neuigkeiten.

Sie wirkten nicht so aufgekratzt wie am dritten Tag, Jorge. Die Indianerin hatte uns an der Tür ermahnt: »Der Doktor ist müde.« Wir sollten möglichst nicht lange bleiben. Cuervo teilte mit, dass es ihm mit der Drohung, sich offiziell an den Justizminister zu wenden, endlich gelungen war, Urquiza zum Reden über die Israfel-Gesellschaft zu bringen. Alles, was wir wussten, war, dass die Gesellschaft seit 1937 existierte, dass sie Studien zum Werk Edgar Allan Poes förderte, Kongresse organisierte und Schriften sowie allmonatlich die Zeitschrift

Der Goldkäfer veröffentlichte. Cuervo hatte bereits an zwei Kongressen, beide in Baltimore, teilgenommen. Urquiza zufolge befand sich der Sitz der Gesellschaft in Boston, wo Poe geboren, und die Redaktion der Zeitschrift in Baltimore, wo er gestorben war. Die Gesellschaft war von einem Tschechen namens Partas gegründet worden, der zu Beginn der dreißiger Jahre in die Vereinigten Staaten ausgewandert und dort reich geworden war und der noch immer der wichtigste Geldgeber und Richtungsweiser für ihre Aktivitäten war, wenngleich er bei keiner Veranstaltung oder Feierlichkeit je in Erscheinung trat. Urquiza fuhr zu allen Kongressen und war eine Art ehrenamtlicher Vertreter der Gesellschaft in Argentinien. Just an diesem Morgen hatte er einen Anruf aus Boston mit der Anweisung erhalten, Rotkopfs Leiche nach Cuernavaca zu schicken, sobald die argentinischen Behörden sie freigegeben hätten, um dort an einer Stelle begraben zu werden, die der Deutsche bereits ausgewählt hatte. Weit entfernt, so dachte ich, von jeder erdenklichen Art von Schatten.

»Hat Urquiza nichts darüber gesagt, weshalb der Kongress dieses Jahr in Buenos Aires stattgefunden hat?«, fragten Sie.

»Urquiza gab an, dass es auf seinen eigenen Wunsch hin gewesen sei. Was zu glauben schwerfällt.«

»Warum?«

»Weil die Erklärung für die Verlegung, die der Vorstand der Israfel-Gesellschaft dem Japaner in einem Brief mitgeteilt hat, eine andere ist«, sagte Cuervo. »Und Urquiza hat sich nicht in die Ausrichtung des Kongresses eingeschaltet. Er ist am Tag der Eröffnung aus Mendoza angereist.«

»Angela hat mir erzählt, dass die Empfangsdamen von einem amerikanischen Team angeheuert worden sind, das vor zwei Wochen aus Baltimore in Buenos Aires eingetroffen ist, um alles zu organisieren«, bemerkte ich.

»Und das bereits wieder abgereist ist«, teilte Cuervo mit. »Kein einziger der Organisatoren ist mehr hier. Zumindest ist mir keiner über den Weg gelaufen. Die Rechnungen sind bezahlt worden, alles ist geregelt, doch die Israfel-Gesellschaft ist verschwunden. Die Empfangsdamen haben den Auftrag erhalten, sich um die vorzeitige Rückreise der Kongressteilnehmer zu kümmern und hinterher Rechenschaft abzulegen, doch auch sie wissen ansonsten von nichts.«

»Wer hat Urquiza, Johnson und Rotkopf im selben Stockwerk desselben Hotels einquartiert?«, fragten Sie.

»Die Zimmerverteilung war vorgegeben.«

»Abgesehen von ein paar Umstellungen in letzter Sekunde«, mischte ich mich ein. »Wie in meinem Fall.«

»Wie in Ihrem Fall?«

»Eigentlich sollte ich in ein anderes Hotel. Angela hat mich wegen der zentraleren Lage in die Calle Suipacha umgebucht.«

»Dann sind Sie also aus Pech in diese Geschichte hineingeraten …«

Oder aus Glück, dachte ich. Wenn ich nicht auf diese

Weise in die Geschichte verwickelt worden wäre, dann hätte ich Sie nicht kennengelernt, und wahrscheinlich hätte ich nicht mit Angela geschlafen, die beiden denkwürdigsten Ereignisse in meinem bisherigen Leben, da ich nun einmal an die Schiffsreise von Deutschland nach Brasilien keinerlei Erinnerung habe.

Cuervo und ich schauten Sie gespannt an. So als hätten wir die passenden Münzen in den Automaten eingeworfen und warteten nun auf unsere Tafel Schokolade. Sie hielten den Kopf gesenkt. Als Sie dann redeten, war Ihre Stimme noch schwächer und samtiger als gewöhnlich.
»Partas aus der Tschechoslowakei. Partas aus Prag. Partas aus dem früheren Böhmen. Partas, Partas, Partas … Wissen Sie, was ich denke?«
Wir wussten es nicht. Aber wir waren wild erpicht darauf, es zu erfahren.
»Ich glaube, dass alles schiefgegangen ist. Alles sollte laufen wie ein Schweizer Uhrwerk, oder wie ein tschechisches in diesem Fall, aber man verpflanzt nicht ungestraft einen empfindlichen Mechanismus aus der nördlichen in die südliche Hemisphäre in der Hoffnung, er werde dort funktionieren. Hier nimmt der Mond andersherum zu und ab und führt sogar die Amerikaner in die Irre. Wenn dies hier meine Geschichte wäre …«

Und Sie erzählten, wie die Geschichte lauten würde, wenn Sie sie geschrieben hätten. Urquiza hatte Johnson ermorden sollen. Urquiza hatte die mächtigen Götter des Südens, Azathoth und Yog-Sothoth, anrufen und Hastur verkörpern sollen, den, der im Winde geht, den Wüterich, um Johnson daran zu hindern, noch mehr von der Sprache des *Necronomicon* zu offenbaren, als er es bereits in aller Unschuld getan hatte. Von dem in der Literatur Poes verborgenen geheimen Code. Alles war dafür gerüstet. Der nach Buenos Aires verlegte Kongress würde Johnson auf die Südhalbkugel führen, wo Urquiza die Kräfte von Azathoth und Yog-Sothoth anrufen würde, und das tödliche Geschick Hasturs würde ihn mit dem ›*Rastlosen*‹ eliminieren, ohne eine Spur zu hinterlassen … Doch Partas, oder wer auch immer die Falle für Johnson konstruiert haben mochte, hatte nicht mit der Eitelkeit des Intellekts gerechnet. Mit einer Macht von größerer Zerstörungskraft als jede andere, ob nun bekannte oder verborgene. Mit der fürchterlichsten Gabe des Universums. Der Eigenliebe. Unserer verheerenden Leidenschaft für uns selbst. Der Beleidigungen des Deutschen überdrüssig, von Entsetzen erfüllt angesichts der Aussicht, in aller Öffentlichkeit lächerlich gemacht zu werden, klopft Johnson an Rotkopfs Tür. Und bringt ihn um.

»Dann ist Rotkopf ebenfalls aus Pech in die Geschichte hineingeraten …«, bemerkte ich.

»Und sein Mörder hat die Falle zerstört und alle Pläne verpatzt. Johnson war gerade dabei, Rotkopf zu ermorden, als er sich eigentlich in Erwartung von Urquizas Dolch in seinem Zimmer aufhalten sollte. Der an seine

Tür klopft und klopft und schließlich aufgibt. Mit dem Auffinden von Rotkopfs Leiche war natürlich alles vermasselt. Urquiza hat seinen Dolch weggeworfen und wird nach Mendoza zurückkehren, die Organisatoren des Kongresses sind in alle Winde zerstreut, und Johnson wird unter dem Schutz der amerikanischen Botschaft bestreiten, dass der blutige Dolch ihm gehört, er wird sagen, es gebe keinerlei Beweis dafür, dass er Rotkopf umgebracht hat, und er wird nach Hause fliegen, ohne moralisch vernichtet worden zu sein. Wenn seine Maschine abstürzen sollte, bevor sie den Äquator überflogen hat, werden wir wissen, dass Azathoth und Yog-Sothoth, die Geister des Südens, nicht nur mächtig, sondern auch rachsüchtig sind.

Seit geraumer Zeit schon wand und krümmte Cuervo sich in seinem Sessel.

»He, Jorge!«, sagte er schließlich. »Gozatoth, Soga-Tog … Sie glauben doch gar nicht daran!«

»Verwechseln Sie nicht den Autor mit seinen Figuren«, antworteten Sie. »Ich glaube an überhaupt nichts. Wichtig ist, was die Figuren glauben.«

»Die Israfel-Gesellschaft ist ein Mörderverein, der von bösen Geistern regiert wird?«

»Die Israfel-Gesellschaft hat wahrscheinlich niemals jemanden umgebracht. Deshalb ist sie auch bei diesem ersten Versuch gescheitert. Ich habe den Verdacht, dass sie eine der vielen in der ganzen Welt vertretenen Organisationen ist, die stets ein wachsames Auge darauf haben, dass kein Uneingeweihter per Zufall die gnostischen Codes entschlüsselt, und welche die Veröffentlichung neuer Geheimbotschaften im Werk von Schriftstellern verfolgen, die sich oft genug nicht bewusst sind, was sie da verbreiten, wenn sie Erinnerungen an Dinge aufschreiben, die sie nie erlebt haben. Sie alle gehören zu einer Art Alarmsystem, das, wenn ich mich nicht irre, vor genau vierhundert Jahren bei einer Versammlung gnostischer Schulen geschaffen wurde, die in der Bibliothek des Königs von Böhmen in Prag wahrscheinlich von einem Mann namens John Dee versammelt wurden. Und die ›Operation Ewiger Orang-Utan‹ geheißen haben könnte.«

»Also, Jorge!«

»Wir dürfen nicht vergessen, dass die Israfel-Gesellschaft im Todesjahr von Lovecraft gegründet wurde. Ihre Aufgabe dürfte darin liegen, die Texte der Nachfolger und der Gelehrten Poes zu überwachen, damit niemand in Lovecrafts Fußstapfen tritt und in eine ebenso brisante Enthüllung hineinstolpert wie die des *Necronomicon*. Es besteht immer die Gefahr, dass irgendein Johnson daherkommt und Poe nicht mit dem nötigen Weitblick, sondern als Oberschlaumeier interpretiert und daher aus dem Weg geräumt werden muss. Wie könnte man die Poe-Forscher, die untereinander um die originellste Form seiner Auslegung konkurrieren, besser überwachen, als Kongresse zu veranstalten, auf denen sie über ihre Thesen streiten können, und ihnen Raum zu deren Veröffentlichung zu geben?«

»Aber wir dürfen nicht vergessen«, sagte Cuervo nunmehr aufgebracht und im Stehen, »dass Xavier Urquiza ein erzkonservativer, praktizierender Katholik ist, der sich nie im Leben mit einem Gogagot oder Gogathot oder sonst irgendeinem esoterischen Dämon oder auch nur mit einem Naturdämonen aus Patagonien verbünden würde.«

Ihre Stimme war noch kraftloser, Jorge. Cuervo musste sich hinunterbeugen wie ein Reiher beim Fischfangen, um Sie zu verstehen.

»An diesem, um es einmal so zu nennen, Gipfeltreffen im Jahre 1585 in der Bibliothek Rudolfs des Zweiten nahm ein okkultistischer Zweig des Christentums teil, die ›Apokryphen‹, deren wichtigster Text das zweite, aus der Bibel verbannte Buch Esdras war, welches seinerseits einer der grundlegenden Texte der Kabbala war. Pico della Mirandola, dem an einer Annäherung zwischen der Renaissance-Kirche und der Kabbala gelegen war, um dic Säkularisierung zu bekämpfen, hatte sogar behauptet, der Text beweise, dass das Judentum in seiner ursprünglichsten Form die Dreifaltigkeit gekannt und die Ankunft Christi vorhergesehen habe. Die Kabbala zog sich nach dem, was bekannt ist, von dem von Rudolf dem Zweiten herbeigeführten schwarzen Kongress zurück, doch John Dee gelang es, das Bündnis zwischen der philokabbalistischen Kirche der ›Apokryphen‹ und der Schule des *Necronomicon* aufrechtzuerhalten, deren Ursprünge aller Wahrscheinlichkeit nach in dem ägyptischen Hermetismus aus der Zeit noch vor Echnathon liegen. Die Israfel-Gesellschaft ist christlich. Ihre immer in Stockholm, Baltimore und Prag, also im Norden, Westen und Osten stattfindenden Kongresse stehen für das Zeichen des Kreuzes, für das heilige Dreieck. Urquiza ist vielleicht ein noch konservativerer Christ als angenommen und gehört der alten okkultistischen Tradition der Kirche an, jener, die die unterirdischen Gewölbe nie verlassen hat. Und die die Unterstützung jeder Macht des schwarzen Paktes von Prag akzeptiert, um ihre Geheimschriften und ihre verborgenen Kräfte zu schützen.«

Cuervo schaute wie um Hilfe bittend zur Decke.

»Na gut. Johnson hat Rotkopf ermordet und den Dolch weggeworfen. Urquiza hat darauf verzichtet, Johnson abzumurksen, und hat sein Messer beseitigt. Und die dritte Waffe?«

»Gehörte dem Japaner. Der vermutlich ebenfalls beabsichtigte, Rotkopf umzubringen, und sich auf dem Weg ins Hotel einen Dolch gekauft hatte. Und der diesen fortwarf, als er erfuhr, dass jemand anderes die Arbeit für ihn erledigt hatte.«

»Wie ist Johnson aus dem verschlossenen Zimmer hinausgelangt, nachdem er Rotkopf ermordet hat?«

Sie öffneten lediglich, wie bereit zur Leibesvisitation, die Arme. Cuervo fuhr fort:

»Und die von Rotkopf hinterlassenen Botschaften? Und die Karten? Und die gegen den Spiegel lehnende Leiche, die ein W bildete?«

»Ein M«, sagte ich.
Sie und Cuervo unisono:
»Wie bitte?«
Ich:
»Ich habe noch mal nachgedacht. Alles zweimal zu überschlafen hat meinem Gedächtnis geholfen. Es war kein W. Es war ein M.«

Cuervo ließ sich wortlos in den Sessel fallen. Sie lächelten.
Sie sagten:
»Ein M …«
»Ich bin mir fast sicher.«
»Wann werden Sie sich völlig sicher sein, Vogelstein?«, schrie Cuervo erbost.
Doch Sie machten »Schschscht« zu Cuervo. Sie hatten bereits einen anderen Weg eingeschlagen. Sie dachten nach.
»M wie Miro«, schlug ich vor. »Der Schuldige ist der Japaner …«
Der Vorschlag fand keinen Anklang. Cuervo hatte endgültig den Glauben an mein Erinnerungsvermögen verloren. Sie bissen sich erneut auf die Unterlippe. Zu dem Schluss zu gelangen, der Japaner sei schuld, war ein Höhepunkt der Unannehmbarkeit.

»Wir müssen die beiden Spuren miteinander verbinden«, sagten Sie schließlich. »Die eine ergibt keinen Sinn ohne die andere. Was beweisen die Karten?«

»Die Karten beweisen überhaupt nichts«, erklärte Cuervo.
»Genau. Und was beweisen die Karten nicht?«
»Wie, was beweisen sie nicht?«
»Was fehlt in der Reihe von Kreuzzehn, Pikbube und Herzkönig?«
»Die Karodame«, sagte ich.
»Richtig. Die Dame.«
»M wie ›*mulher*‹, wie die Frau?!«, fragte Cuervo.
»Oder wie ›Mutter‹. Oder wie Maria. Sie dürfen nicht vergessen, dass es die Karodame ist.«

Sie fuhren fort:
»Auf dem Prager Kongress sind die Christen der ›Apokryphen‹ und die Juden der Kabbala zu keinem Einvernehmen gelangt, weil die Juden die christliche Auslegung des Zweiten Buches Esdras nicht akzeptiert haben, der zufolge nämlich das ursprüngliche Judentum Jesus und die Dreifaltigkeit anerkannt habe, was die Annäherung von Kirche und Kabbala vereinfachte. Bei dem Streit hatten beide Seiten sich gegenseitig des Verrats bezichtigt. Die Christen warfen den Juden vor, Jesus verraten zu haben, und die Juden hielten den Christen entgegen, dass sie sich von der eigenen Mutter, nämlich dem Judentum, aus dem sie hervorgegangen waren, abgewandt hatten. Ein Disput, der schon eintausendfünfhundert Jahre alt war und der zwischen der Kabbala und der christlichen Gnosis bis heute im Verborgenen andauert.«

»Das Christentum gehört zur Geschichte des jüdischen Aberglaubens«, sagte ich, indem ich sinngemäß Sie zitierte. Oder eine Ihrer Figuren.
Doch Sie hörten mir nicht zu.

»Haben wir einen neuen Mörder?«, wollte Cuervo wissen. »Wer weiß, vielleicht Rotkopfs Mutter? Als Verkörperung Hasturs?«
Sie schenkten auch Cuervo keine Beachtung. Eine lange Weile schwiegen Sie, während Cuervo, ohne sich aus dem Sessel zu erheben, einen ungeduldigen Stepptanz auf dem Parkett vollführte. Dann sagten Sie in meine Richtung gewandt etwas, das wie eine zusammenhanglose Abschweifung erschien:
»Meine Mutter muss jüdisches Blut gehabt haben. Ihr Familienname war Acevedo. Vielleicht Blut portugiesischer Juden.«
»Ich weiß.«
Abermals ein langes Schweigen, einzig unterbrochen vom Geräusch der statischen Choreographie unseres Cuervo. Dann:
»Stockholm, Baltimore, Prag. Der Vater, der Sohn und der Heilige Geist. Der Norden, der Westen, der Osten. Das Zeichen des Kreuzes, das heilige Dreieck. Was fehlt in dem Dreieck? Manche behaupten, es fehle die Mutter, die große Übergangene in der Dreifaltigkeit. Andere sagen, es sei der Teufel. In jedem Falle fehlt der Süden.«
»Rotkopf wollte uns irgend etwas darüber mitteilen, aus

welchem Grund der Kongress im Süden stattgefunden hat …«, sagte ich aufs Geratewohl.
»Er hätte uns und unserer Fähigkeit zur Entschlüsselung von Kryptogrammen zu viel zugetraut, wenn er erwartet hätte, dass wir prompt auf die Verbindung zwischen dem M von Mutter und der Fehlstelle in dem Dreieck gekommen wären. Doch die Karten ergänzten die Botschaft. Die Dame. Die Frau. Die Mutter. Oder der Teufel. Für den Propheten Esdras waren die Frau und der Teufel ein und dasselbe. Seinem verbotenen Buch zufolge waren die Ungeheuer, die die Erde bevölkerten, Kinder, die die Frauen während der Menstruation empfangen hatten. Sie waren das Produkt des über die Frauen verhängten Fluches.«
»Wie auch immer, wir haben eine Südspitze. Aus dem Dreieck wird eine Raute.«
»Großartig«, sagte Cuervo. »Rotkopf hat das Zeichen für Frau in den Spiegel geworfen, was durch die fehlende Karte bestätigt wird. Die Frau und/oder der Teufel an einem Punkt der südlichen Hemisphäre. Und was genau hat das zu bedeuten?«

»Vogelstein«, sagten Sie, »was hat Rotkopf Ihnen über den Streich erzählt, den er Johnson gespielt hat, indem er sich eine okkulte Bedeutung für das Gedicht ›Israfel‹ ausgedacht hat?«
»Er sagte, es gebe zwei Versionen des Gedichtes, die zweite davon kürzer als die erste, aus der einige Zeilen herausgestrichen worden sind. Wenn man die aus der

ersten Fassung gekürzten Verse in eine Reihe und dann vor einen Spiegel stellte, sollten sie angeblich eine apokalyptische Botschaft auf Hebräisch offenbaren, sofern man nur die Vokale entfernte. Diese vermeintliche Entdeckung war es, die Rotkopf mit falschem Namen unterzeichnet an Johnson schickte, wohl wissend, dass Johnson sie schlucken würde. Genau das beabsichtigte er auszunutzen, um Johnson mit seinem Vortrag moralisch zu vernichten.«

Cuervo war voller Erwartung, dass Sie etwas aus der Information machten, und angesichts Ihres Schweigens fragte er:

»Und?«

»Nichts und.«

Wir waren am Ende aller Wege angelangt. Wir hatten weiterhin ein verschlossenes Zimmer, einen kryptischen Toten, drei Dolche, keine Lösung und nunmehr einen verzagten Borges, einen sichtlich müden Mitentzifferer der Universen.

»Letztlich«, sagten Sie, »ist das einzig Zuverlässige, das wir haben, jener plötzliche Sturmwind in der Tatnacht.«

»Hastur«, sagte ich.

»Hastur.«

Cuervo sprang mit einem Satz auf und erklärte:

»Er ist eindeutig der Schuldige. Ich werde ihn verhaften lassen.«

Dann wies er mich an:

»Gehen wir. Borges muss sich ausruhen.«

»Bald werde ich mich zur Genüge ausruhen können«, sagten Sie. »Ich habe mir nichts vorgenommen für die Zeit nach dem Tod.«
»Vielleicht haben wir ja Glück, und unser Vogelstein erinnert sich heute abend endlich daran, dass Rotkopf in irgendeiner Weise mit seinem Abbild im Spiegel ein S erzeugt hat, mit der Bedeutung ›Selbstmord‹.«
»Ich verspreche, dass ich mir Mühe geben werde«, sagte ich.
»Schreib, und du wirst dich erinnern«, sagten Sie.
»Das werde ich tun, Jorge.«
»Das geschriebene Wort, Vogelstein. Alles muss Wort werden, um zu existieren. Ob es nun kompliziert ist oder einfach. Denken Sie an das Universum.«
»Denken Sie an den ›Goldkäfer‹. Denken Sie an das verschlossene Zimmer bei Zangwill«, sagte ich.
Sie lächelten und wiederholten:
»Schreib, und du wirst dich erinnern.«
Alsdann schlugen Sie vor, dass ich am darauffolgenden Nachmittag wiederkommen sollte.

Vielleicht würden wir alle Antworten finden, die wir wollten, wenn wir aufs Geratewohl Bücher aus den Regalen zögen und die Worte blind heraussuchten. Sie würden sie blind auswählen, ich würde sie lesen. Alles war letztlich Botschaft. Wenige Menschen wussten, haben Sie gesagt, dass alle Ihre Geschichten auf die eine oder die andere Weise aus der elften Ausgabe der *Encyclopedia Britannica* geboren waren, die bereits in der

Bibliothek Ihres Vaters, der imaginären Bibliothek des Königs von Böhmen, stand, als Sie noch ein kleiner Junge waren. Ich versprach, dass ich wiederkommen würde. Wir verabschiedeten uns mit einem Händedruck. Ich, der Jorge Luis Borges die Hand aus Fleisch und Blut schüttelte!

Bevor wir gingen, fragten Sie Cuervo:
»Welche Erklärung hat man dem Japaner für die Verlegung des Kongresses nach Buenos Aires gegeben?«
»Ihm wurde gesagt, dass es Ihnen zu Ehren gewesen sei, Borges.«
»Vielleicht war ja ich die wahre Zielscheibe dieser ganzen komplizierten Verschwörung, die die Israfel-Gesellschaft auf der Südhalbkugel inszeniert hat und die durch die Ermordung Rotkopfs vermasselt wurde. Nach Poe und Lovecraft hat niemand mehr Literatur mit so viel offenkundig geheimer Bedeutung und von so großem Reiz für verblendete Interpreten geschrieben wie ich. Sie müssen gewusst haben, dass ich, anstatt aufzuhören oder ein für allemal wie ein vernünftiger Mann zu sterben, mit einer Abhandlung über Spiegel beginnen würde. Eine mordsgefährliche Angelegenheit, was, Vogelstein?«
»Leben Sie wohl, Jorge«, sagte ich.

Seit einer Woche bin ich zurück in Porto Alegre, und erst jetzt kann ich sagen, dass ich mich mit Gewissheit erinnert habe, mit aller Gewissheit erinnert habe. Endlich habe ich mich vollständig erinnert, so wie Cuervo es verlangt hatte. Ich habe geschrieben, um zu erinnern, und wie Sie gesehen haben, oder wie man für Sie gesehen hat, habe ich ein Buch aus meinen Erinnerungen gemacht – mit Motto und allem Drum und Dran! Ein Buch über unsere Begegnungen, auch Ihnen zur Erinnerung, Jorge.

Wie Sie wissen, habe ich an jenem Nachmittag, als Cuervo mich im Hotel absetzte, Angela getroffen, die alles für meine Abreise vorbereitet hatte, einschließlich des gepackten Koffers. Mir blieb keine Wahl. Wir hatten kaum Zeit, die Maschine noch zu erreichen, und stiegen in aller Eile am Flughafen aus. Es wird Ihnen gefallen zu hören, dass ich bei dem Gehetze den Japaner ummähte, der ebenfalls abflog. Ich konnte ihm nicht einmal beim Aufstehen helfen und ließ ihn tobend am Boden zurück. Ich glaube, es war sein letzter Kongress.

Sie wussten, wer ich war, Jorge, stimmt's? Seit wir einander vorgestellt worden waren. Sie erinnerten sich an meinen anmaßenden chirurgischen Eingriff in Ihre Erzählung im Mistério

Magazine, *an meinen unverzeihlichen* Schweif, *an meine Briefe, meine Geschichten. Also werde ich Ihnen die Gelegenheit zur Revanche geben. Ich will, dass Sie dieses Buch für mich zu Ende schreiben. Fühlen Sie sich völlig frei und hängen Sie ihm den Schweif an, den Sie wollen, ich werde keine Zeile anrühren. Ich werde ihn ins Portugiesische übersetzen, aber ich werde nichts verändern, das schwöre ich. Das letzte Kapitel – der Ausgang, der Abschluss, das Endergebnis unserer »mühseligen Algebra« (wenn ich Sie abermals zitieren darf) auf der Suche nach einer Lösung – all das gehört Ihnen. Dies ist meine Form der Wiedergutmachung.*

Meine endgültige Erinnerung an den Schauplatz des Verbrechens ist folgende: Die wie ein V geformte Leiche Rotkopfs lag mit den Händen und den Füßen gegen den Spiegel gelehnt und bildete zusammen mit ihrem Abbild eine Raute. Das Heilige Dreieck mit einem zusätzlichen Punkt im Süden, dem in der Trinität fehlenden Punkt. Die Frau oder der Teufel?

Die Karten lagen, wie ich es beim ersten Mal beschrieben habe. Die Zehn (oder das X?) zusammen mit dem Buben, danach ein leerer Platz und dann der König.

Der Bube hatte durchbohrte Augen.

Das geschriebene Wort ist nun das Ihre, Jorge.

Der Schweif

Mein werter V.,
danke für das Privileg, das ich nur dem Übermaß an Ehrerbietung zuschreiben kann, welches Idole und Greise einflößen. Es ist in den quälenden Beziehungen zwischen dem Autor und seinen Geschöpfen eine große Seltenheit, dass eine Figur damit betraut wird, das Ende der Geschichte zu bestimmen. Doch ich fürchte, der einzig mögliche Schluss ist der, den Sie von Anfang an ausersehen haben: Wir entkommen niemals dem Autor, wie großzügig oder reumütig er auch immer erscheinen mag.

Ihre wiederholten und nicht eben subtilen Anspielungen auf die Erzählung »Der Goldkäfer« in dem gesamten Text haben mich befremdet. Sie schien mir keinerlei Bedeutung für die Geschichte zu haben. In der Schluss-Szene, der des Abschiedes zwischen »Vogelstein« und »Borges« in der Nähe jenes unwahrscheinlichen Elektro-Ofens, begehen Sie absichtlich einen weiteren Fehler beim Zitieren meiner beiden Beispiele für einfache Rätsel. Sie tauschen »Die gestohlene Karte« durch den »Goldkäfer« aus, halten dafür aber an dem verschlossenen Zimmer von Zangwill als weiterem Beispiel fest.

Ich fing an darüber nachzudenken, was aus Poes Geschichte über die Entdeckung eines goldenen Skarabäus und eines zum

Einwickeln desselben benutzten Pergaments passen könnte, und mir fiel ein, dass Poe, der bereits die Detektivgeschichte und die Parodie auf die Detektivgeschichte und die Anti-Detektivgeschichte erfunden hatte, in ihr eine der umstrittensten Regeln des Genres geschaffen hat, nämlich die des unzuverlässigen Erzählers. Wenngleich der Goldkäfer der Erzählung zu ihrem Namen verhilft und im Zentrum der Handlung zu stehen scheint, ist er in Wirklichkeit ein unbedeutendes Detail. Das Pergament ist das eigentlich Interessante, denn auf ihm befindet sich die verschlüsselte Botschaft, die zu dem Schatz führt. Der Erzähler leitet den Leser in die Irre, welcher erst am Ende erfährt, was jener weiß. Indem Sie sich auf den »Goldkäfer« beriefen, gaben Sie mir zu verstehen, dass die Lösung des Falles des in einem verschlossenen Zimmer ermordeten Deutschen nicht in den am Tatort hinterlassenen Spuren oder in der Tat selbst zu finden war, sondern in Ihrem Bericht. Das Verbrechen war der goldene Skarabäus Ihrer Geschichte, mein werter unzuverlässiger Erzähler, und Ihre Erzählung das Pergament, in dem die Erklärung für alles liegt.

»Vogelstein« beginnt seine Schilderung damit, dass er sich für unschuldig erklärt, was immer von vornherein verdächtig ist. Er behauptet, vom Schicksal zum Instrument einer Verschwörung mit unergründlichen Absichten berufen worden zu sein, und dass seine Rolle innerhalb des Handlungsgeschehens neutral sei wie die eines Spiegels. Bis zu diesem Punkt gibt es in seinem Bericht indes nur zwei Dinge, die glaubhaft sind. Das eine ist die Schicksalhaftigkeit der Geographie. Das andere, dass sein Kater gestorben ist. Ob in diesem Fall eine Verschwörung am

Werk war oder nicht, ist uns nicht bekannt, seine persönlichen Absichten hingegen waren klar umrissen seit dem Tag, an dem seine Tante Raquel eine Fotografie Joachim Rotkopfs auf einer der Seiten der Zeitschrift der Israfel-Gesellschaft oder auf dem rückwärtigen Umschlag eines seiner Bücher gesehen hatte und beinahe in Ohnmacht gefallen wäre. Er war es, das Ungeheuer! Der Mann, in den seine Mutter sich verliebt und dem sie vertraut hatte, als sie in Nazi-Deutschland geblieben war, anstatt sich mit ihren Schwestern und ihrem kleinen Sohn nach Südamerika in Sicherheit zu flüchten.

Ich weiß nicht, ob »Vogelstein« damals erfuhr, dass das Ungeheuer sein Vater war, oder ob es an dem schrecklichen Tag war, als seine Tante Raquel ihm alles erzählte. Joachim Rotkopf, oder wie auch immer er zu jener Zeit geheißen haben mochte, hatte verlangt, dass die jüngste der Vogelstein-Schwestern sich ihres Sohnes entledigte, um mit ihm in Berlin zu bleiben, wo er gute Beziehungen zu dem neuen Regime unterhielt und dafür sorgen würde, dass ihr nichts geschähe. Miriam, die schöne Miriam von der an einem Sommertag »Unter den Linden« aufgenommenen Fotografie, hatte dem Liebhaber den Vorzug vor dem Sohn gegeben. Sie waren so gründlich, das Detail des Wollschals zu erwähnen, den Miriams Liebhaber auf dem Foto mitten im Sommer trägt, und sodann zu betonen, dass Joachim Rotkopf stark fror und dass er den mexikanischen Sommer über im Kamin seines Hauses stets ein Feuer brennen ließ. Es heißt, eine der Eigenarten der Dämonen sei, dass sie immer vor Kälte schlottern.

Nachdem er erfahren hatte, wer Joachim Rotkopf war, begann »Vogelstein«, unter einem Pseudonym mit ihm zu korrespondieren, wobei er ihrer beider Interesse für Poe als Vorwand nutzte. Er wollte herausfinden, wie sein Leben ausgesehen, was er während des Krieges gemacht hatte, wie er schließlich unter falschem Namen in Mexiko gelandet war und literarische Essays schrieb. Vielleicht würde er ihn eines Tages ins Vertrauen ziehen und ihm alles über seine Mutter erzählen und darüber, wie er sie verraten hatte. Vielleicht hatte »Vogelstein« bereits vage auf Rache gesonnen. Aber wie? Wie an Rotkopf herankommen, ohne Geld, ohne verreisen zu können, weil seine Tante und sein Kater schutzlos zurückbleiben würden?

Und dann kommt eines Tages die Nachricht von dem Kongress der Israfel-Gesellschaft in Buenos Aires, weniger als tausend Kilometer von Porto Alegre entfernt, mit der angekündigten Teilnahme Joachim Rotkopfs. »Vogelstein« braucht nicht zu Rotkopf zu fahren. Der Teufel kommt zu ihm! Geographie ist Schicksal.

Und dann entdeckt »Vogelstein«, dass der Gott des Zufalls auf seiner Seite steht. Sein Kater Alef stirbt (danke). Bei der Pflege von Tante Raquel hat »Vogelstein« alles über die richtige Dosierung von Beruhigungsmitteln gelernt, was festzuhalten Ihnen am Herzen lag. Er weiß noch nicht genau, wie er dieses Wissen nutzen wird; er wird es wissen, wenn er in Rotkopfs Nähe ist. Er kauft in Porto Alegre einen Dolch. Oder in Buenos Aires? Da nun einmal mir die Aufgabe zukommt, die Geschichte zu Ende zu bringen, ziehe ich es vor, Cuervo herausfinden zu lassen, dass zwei der drei Dolche, der mit den Blutspuren und der andere aus demselben Schacht, der von Johnson, nicht in Argentinien hergestellt worden sind. (Cuervo wird weiterhin auf seine wissenschaftlichen Methoden vertrauen, selbst wenn es keinerlei Chancen mehr gibt, den Fall zu lösen oder zumindest jemanden zu beschuldigen.)

Bei seiner Ankunft in Buenos Aires entdeckt »Vogelstein«, dass er im selben Hotel untergebracht ist wie Rotkopf, ein weiterer entscheidender Eingriff des Zufallgottes, dieses Mal mit Unterstützung Angelas, der Empfangsdame, die ihn – noch eine Hilfe des Glücks – sympathisch findet. Bei dem Cocktailempfang mit dem in die Horizontale beförderten Japaner schlägt Rotkopf für später ein Treffen in seinem Zimmer vor. Das ist die Gelegenheit. Doch die beiden fahren schließlich gemeinsam im selben Taxi zum Hotel und gehen direkt in Rotkopfs Zimmer. »Vogelstein« hat seinen Dolch nicht dabei, der aus Porto Alegre im Koffer mitangereist ist, um seiner Entdeckung auf dem Flughafen zu entgehen, und der im Zimmer geblieben ist. Aber er hat Beruhigungsmittel in der Tasche, da er mit demselben Jackett zum Cocktailempfang gegangen ist, das er auf der Reise trug, wie hervorzuheben Ihnen ebenfalls wichtig war. Er ist nicht betrunken, wie der Verwirrung stiftende Erzähler in seinem Bericht behauptet. Bei dem Cocktailempfang hat er kaum Champagner getrunken und tut nur so, als ob er mit Rotkopf bei dessen von Schmähreden gegen die Welt und ihre Bewohner, vornehmlich die Akademiker, begleiteten Riesenschlucken Tequila mithält. Es bereitet keine Schwierigkeiten, wohldosiert ein Beruhigungsmittel in Rotkopfs Tequila zu kip-

pen, damit dieser am Ende, nachdem »Vogelstein« um elf Uhr das Zimmer verlassen hat, die Tür verriegelt und auf der Erde zusammenbricht und nicht einmal von Johnsons Klopfen an der Tür eine halbe Stunde später wach wird.

Ich weiß nicht, wann »Vogelstein« das »Big Bow Mystery« in den Sinn kommt, die Geschichte von dem verschlossenen Zimmer bei Zangwill, in der es der Mörder ist, der die Tür aufbricht und die Leiche »entdeckt«. Vielleicht ist er bereits mit dem Gedanken im Kopf angereist, denn anderenfalls hätte er nicht die Beruhigungsmittel und den Dolch dabeigehabt. Vielleicht ist die Idee ihm auch erst in Rotkopfs Zimmer gekommen, als er ihn Tequila trinken sah und er erzählte, was er mit dem Ansehen Urquizas und Johnsons und dieses Narren, der Ihnen schreibt, am darauffolgenden Tag zu tun gedachte. Oder »Vogelstein« und Rotkopf führen ein Gespräch zwischen Vater und Sohn, voller Eröffnungen und Schuldzuweisungen, und Rotkopf ist gezwungen, seiner Niedertracht ins Auge zu blicken – irgend etwas, das sein moralisches Selbst im Spiegel dazu veranlasst, ihn ebenfalls umbringen zu wollen? Als er Rotkopf vor dem Hinausgehen sagt, er solle sein Zimmer abschließen, weil jemand versuchen könne, ihn in dieser Nacht zu ermorden, weiß »Vogelstein« bereits, was er tun wird. Die Geschichte jenes verschlossenen Zimmers wird die von Zangwill sein, ein einfaches Rätsel, wesentlich einfacher als das aus der Rue Morgue von Poe.

»Vogelstein« holt beim Portier den Schlüssel zu seinem Zimmer, der 202. Er geht dorthin hoch und wartet die Zeit ab. Es

gibt keinen Anruf Rotkopfs. Selbst in Ihrer unglaubwürdigen Erzählung machen Sie ganz deutlich, dass dies unmöglich wäre, da ja Rotkopf die Nummer von »Vogelsteins« Zimmer nicht kennen konnte, die noch nicht einmal »Vogelstein« selbst wusste, als er ihn verließ – Ihnen zufolge betrunken –, noch konnte er ihn anhand des Namens ausfindig machen, da er ihn lediglich unter seinem Pseudonym kannte. Ihre Erzählung ist wahrheitsgetreu in diesem Sinne, mein werter V.: Es gibt mehrere deutliche Hinweise darauf, dass »Vogelstein« auf ganzer Linie lügt.

Sie wollen, dass »Borges« »Vogelsteins« Lügerei bemerkt. Als »Vogelstein« etwas über meine Stiche von Piranesi sagt, spricht er lediglich von den darauf abgebildeten Ruinen. Doch Piranesi, der sich nicht mit den Ruinen Roms zufriedengab und andere in der Phantasie erfand, hat außerdem architektonisch sehr präzise Zeichnungen von ganzen Gebäuden und Innenräumen gemacht. Meine Stiche von Piranesi zeigen keine Ruinen, und »Vogelstein« musste offenkundig klar sein, dass »Borges« dies wusste. Als das Buch in meiner Bibliothek zu Boden fällt und »Vogelstein« es aufheben geht, behauptet er, es sei auf den Anfangsseiten von »Der Goldkäfer« aufgeschlagen hingefallen. Mein Kommentar: Das Buch ist eine Auswahl von Erzählungen Poes, und »Der Goldkäfer« ist nicht darin enthalten. Ein weiterer Wink von »Vogelstein« an »Borges«, dass er lügt.

Um drei Uhr morgens geht »Vogelstein« in den siebten Stock hinauf und beginnt, gegen Rotkopfs Tür zu hämmern. Er rennt, um den Nachtportier zu rufen, wobei er mit einer weite-

ren Unterstützung des Zufallsgottes rechnet, die nicht ausbleibt. Der Nachtportier ist haargenau von der Sorte, die »Vogelstein« braucht: jung, unerfahren und ängstlich. Nachdem er ihm beim Aufbrechen der Tür geholfen hat, verhindert »Vogelstein«, dass er das Zimmer betritt, um nicht das Schreckensszenario anschauen zu müssen, und schickt ihn um Hilfe. Alsdann macht er sich daran, eben das Schreckensszenario zu bereiten, das der Portier nicht sehen sollte. Rotkopf liegt bewusstlos ausgestreckt am Boden. »Vogelstein« tötet ihn mit dem »Rastlosen« *und schleift anschließend die Leiche zum Spiegel, am Boden eine Blutlache hinterlassend. Als die anderen Personen ins Zimmer zu drängen beginnen, hat »Vogelstein« das Kommando über das Durcheinander und schlägt sogar vor, der angeblich noch atmende Rotkopf könne wiederbelebt werden, damit bloß niemand auf die unglückselige Idee kommt, nichts anzurühren. Als die Polizei eintrifft, hat »Vogelstein« das Informationsmonopol. Nur er kann wiedergeben, wie das Schreckensszenario aussah, als die Tür aufgebrochen wurde und bevor die anderen kamen. Nachdem er die Polizei in die Irre geführt hat, geht der Mörder in sein Zimmer hinunter, säubert den Dolch und wirft ihn aus dem Badezimmerfenster. Das Bad der 202 zeigte ebenfalls auf den Schacht, in dem die beiden Messer gefunden wurden.*

Am Ende gab es keine Verschwörung, oder zumindest war sie nicht mehr von Bedeutung. Johnson und Urquiza wollten Rotkopf ebenfalls umbringen und warfen ihre Dolche fort, nachdem »Vogelstein« die Arbeit für sie erledigt hatte. Oder Urquiza hatte tatsächlich den Auftrag, Johnson zu erledigen, um die ge-

heimen Codes zu schützen, die die Israfel-Gesellschaft nicht an die Öffentlichkeit gebracht sehen will, oder die toten Namen des Necronomicon, die nicht angerufen werden dürfen, weil sie andernfalls zur Strafe die Welt zerstören, oder den in der Bibliothek eines wahnsinnigen Königs geschmiedeten schwarzen Bund, der wie das pulsierende Licht des speculum des John Dee in der British Library durch die Jahrhunderte geistert. Doch alles wurde von einem noch älteren Drama beschieden als dem des Echnathon oder dem Thebens oder dem der Pyramiden: ein Sohn, der seinen Vater ermordet. Der Bube mit den ausgehöhlten Augen, der ein altes Schicksal erfüllt.

Im letzten Kapitel Ihres Pergaments behaupten Sie, das Bild, das Rotkopfs zu einem V geformte Leiche abgab, sei im Spiegel eine Raute gewesen. Um der letzten Spekulation – dies ist die passende Bezeichnung – von »Borges« über die vorletzte Botschaft des Toten dem ungenauen Erinnerungsvermögen des Erzählers zufolge Recht zu geben. Das M von mulher, der Frau, der Mutter, von Maria. Oder, wie nunmehr bekannt, von Miriam. Der Süden, der fehlende Punkt in dem Heiligen Dreieck, der aus diesem eine Raute und aus der Drei eine Vier macht. Oder vielmehr waren Sie so liebenswürdig, mich mit der unterwürfigen Geste eines Sohnes Ihre unglaubwürdige Erzählung beenden zu lassen und die Raute und das intuitive Erkennen der richtigen Antwort mir anheimzustellen. Die richtige Antwort auf das Rätsel, die richtige Antwort auf alles, war Miriam. Sie legen sogar nahe, dass »Borges« die richtige Antwort vor der Schluss-Szene eingefallen sein könnte, als ich erzähle, dass meine Mutter ebenfalls Jüdin gewesen ist, als »Borges« zu

»Vogelstein« sagt, dass die beiden andere Dinge gemein hätten, als ausgerechnet der gewagten Kunst des geschriebenen Wortes nachzugehen.

Wenn dieses meine Geschichte wäre, dann wäre »Borges« in diesem Moment bereits bewusst geworden, dass die von Ihnen erdachten Spuren nicht die des Ermordeten, sondern die des Mörders waren. Und wenn es die des Mörders waren, dann galten sie wem? Ihm natürlich. Die Schlussfolgerung lautet, dass Sie mir einfach nur eine weitere Geschichte auftischten. Ihre vierte Geschichte, wie der vierte Eckpunkt der Raute. Eine Geschichte, die ich nicht ignorieren konnte wie die anderen drei und die meine Aufmerksamkeit erregen würde, und sei es auch nur durch ihre Blutrünstigkeit. Oder wollten Sie nur unter Beweis stellen, wie ein Intellektueller den Rastlosen *mit der Kaltblütigkeit eines Profi-Killers oder eines* Paten *aus Palermo benutzt, um mich neidisch zu machen? Von den drei im Hotel aufgefundenen Dolchen verdiente nur einer den Namen* Rastloser. *In den Händen der beiden anderen Intellektuellen waren die Dolche* Eisen *geblieben, hypothetische* Rastlose, *bloße Literatur. »Vogelstein«, der »Borges« zu verstehen gab, dass er ihm über war, dass er sein Idol hinter sich ließ, denn er hatte die Passivität des Schriftstellers überwunden, hatte einem realen Dämon die Stirn geboten, hatte eine echte Blutlache zustande gebracht.*

Bevor ich zum Schluss komme, noch eine weitere Spekulation. Vielleicht ist Ihnen nicht aufgefallen, dass es in Ihrer Erzählung der süßen Angela gelingt, verriegelte Zimmer zu verlas-

sen, ohne sie aufzuschließen. Oder war diese scheinbar gedankenlose Information ebenfalls durchdacht, nur um mich noch ein wenig mehr zum Spekulieren anzustiften? Die Kabbala verwendet für gewöhnlich Engel, und sie trug an ihrem Körper die Male einer verdächtigen Symmetrie. Vielleicht ist »Vogelstein« tatsächlich zu einer Mission gerufen worden. Sie machten sich seinen jahrelang genährten Hass auf den Mann zunutze, der seine Mutter verraten hatte, und steckten ihn mit einem Dolch in der Hand zu Rotkopf ins Zimmer, um sein persönliches Ungeheuer hinzurichten und gleichzeitig eine andere Geschichte zu erledigen oder eine weitere Enthüllung zu verhindern. Der elende Rotkopf war möglicherweise per Zufall auf eine Wahrheit gestoßen, so wie Lovecraft bei der Entdeckung des Necronomicon, *als er sich besagte spiegelverkehrte Lektüre des Gedichtes »Israfel« ausdachte. Eine Zufallswahrheit, die nicht veröffentlicht werden durfte und die, um nicht enthüllt zu werden, dazu führte, dass Sie mit Ihrem Dolch und Ihren Rachegelüsten aus Bonfim herausgelockt wurden. Der Name »Israfel«, der Engel mit der sanften Stimme aus dem Koran, entsprechend dem Motto von Poes Gedicht, lautet rückwärts und ohne die Vokale gelesen LFRS, das neo-zoroastrische Tetragrammaton. Mit anderen Vokalen wäre es der Name eines bösartigen Gottes, der im Begriff war, vor der Zeit buchstabiert zu werden.*

Und nun, da mir schon einmal dieses Privileg zuteil wird, zum Abschluss die letzte Spekulation. Fassen Sie sie nicht als bloße Anmaßung einer Nebenfigur auf, die als Detektiv gescheitert ist und jetzt den Ruhm des Opfers beansprucht. Doch vielleicht war »Vogelsteins« Mission die, mich umzubringen. Womöglich hat die Israfel-Gesellschaft uns alle im Schatten der mächtigen Götter des Südens, Azatoth und Yog-Sothoth, des Königs und des Prinzen des Chaos, im Zentrum des X versammelt, damit »Vogelstein« und sein Rastloser *mich daran hinderten, mein* Endgültiges Traktat der Spiegel *zu beenden, das den Schlüssel zu meinem gesamten Werk und mithin dem Universum liefern würde. Der Mord in dem verschlossenen Zimmer wäre nichts als ein Trick, um »Vogelstein« Zugang zu meiner Bibliothek zu verschaffen. »Vogelstein« indes hätte, entwaffnet von meiner Bereitwilligkeit, ihn als ebenbürtig zu betrachten und mich beim Vornamen nennen zu dürfen, sein Vorhaben fallen lassen. Alles ist letzten Endes Eitelkeit. Meine Freundlichkeit hat mich gerettet. Um diese Version zu bestätigen oder zu entkräften, müssten wir wissen, ob »Vogelstein« seinen Dolch nach dem Mord an Rotkopf aus dem Badezimmerfenster geworfen hat oder nachdem er mich das erste Mal besucht hat. Da die Geschichte hier endet, werden wir es niemals erfahren.*

Sie selbst waren, als Sie sich die vier auf dem Tisch liegen gelassenen Karten ausgedacht haben, ohne es zu wollen, der Anstifter zu diesen letzten Spekulationen. Sie haben die Zehn vor dem Buben nur benutzt, um den Eindruck einer Sequenz zu erwecken und die Aufmerksamkeit auf deren Unterbrechung, auf das Fehlen der Dame, zu lenken. Die Zehn steht jedoch auch für das X, die Unbekannte, das doppelte V der Römer, die verborgenen Beweggründe, den düsteren Drang an der Seite des Buben, der Ihre Hand und Ihren Dolch geführt hat. Nur weil wir nicht an diese unsichtbaren Mächte glauben, heißt das ja keineswegs, dass es sie nicht gibt.

(Wir alle haben das Talent zu Verschwörern. Johannes Trithemius, der berühmte Kryptograph aus der Zeit Maximilian des Ersten, hat einen antiken Historiker namens Hunnibald erfunden, um einigen seiner Thesen über die deutsche Geschichte Glaubwürdigkeit zu verleihen. Hunnibald war so überzeugend, dass er sogar in eine Ausgabe der Encyclopedia Britannica *Eingang fand, so als hätte er tatsächlich existiert, bis man den Irrtum aufdeckte und ihn bei der folgenden Ausgabe wieder hinauswarf. Johannes Trithemius ist mein Vorbild. Ich habe es versucht, doch ist mir nicht einmal für zehn Minuten gelungen, eine meiner falschen historischen Figuren oder erfundenen Autoritäten in einer Enzyklopädie unterzubringen.)*

So endet es. Urquiza ist wieder in Mendoza, wo er in den Kellergewölben seiner Burg den Vorsitz bei den finsteren Ritualen einer Kirche aus dem Untergrund führt, eventuell unter Teilnahme des Provinzbischofs. Johnson ist wieder in den Vereinigten Staaten, wohin er zurückgeflogen ist, nachdem er sich geweigert hat, weitere Fragen zu beantworten, und ohne dass gegen ihn irgendeine Anklage erhoben worden wäre, denn es gab keine Beweise. »Vogelstein« in Porto Alegre ist froh, endlich eine Antwort aus mir herausgekitzelt zu haben. Ich und »Borges« haben unsere Arbeit an dem Endgültigen Traktat der Spiegel *unterbrochen und sind nach Genf gereist, wo wir im kommenden Jahr sterben werden. Oder wo ich sterben werde. »Borges« wird vermutlich weiterleben, um noch einige Jahre lang in Buenos Aires herumzugeistern und allmählich zu verschwinden, wie andere Mythen über mich auch. Und ich kann der Versuchung nicht widerstehen, mein letztes Wort zu dieser Geschichte, wenn Sie gestatten, über Cuervo abzugeben. Auf die Frage nach der Möglichkeit einer Wiederaufnahme des Falles, sofern beispielsweise ein schriftliches Geständnis auftauchen würde, und sei es in Form eines Romans, antwortete Cuervo, der Rabe: Nie wieder.*

Herzlichst

Jorge.

PS – Sie sind sehr gütig, mir am Ende meines Lebens noch so viel Energie und Interesse zuzuschreiben, um diesen Brief zu verfassen. Was soll das Endgültige Traktat der Spiegel *da erst sagen. Und meine einzige im* Mistério Magazine *veröffentlichte Geschichte stammt aus dem Jahr 1948, als Sie sie noch gar nicht übersetzt haben können, außer Sie sind ein Wunder an Frühreife gewesen. Selbst die phantastischsten Geschichten, mein werter V., bedürfen eines Mindestmaßes an Wahrscheinlichkeit.*

Über den Schriftsteller Jorge Luis Borges

Jorge Luis Borges wurde am 24. August 1899 in Buenos Aires geboren. Mit sieben Jahren verfasste er seinen ersten Text in englischer Sprache, die er von seiner in Northumberland geborenen Großmutter väterlicherseits gelernt hatte. Er wurde in Europa erzogen, wohin seine Familie im Jahr 1914 umsiedelte und wo sie bis 1921 blieb. Sein literarisches Dasein begann Borges in Sevilla mit dem Schreiben von Gedichten. Zurück in Buenos Aires wurde er Gründer und Mitarbeiter verschiedener Kulturzeitschriften, in denen er Gedichte und Artikel veröffentlichte. Im Jahre 1938 starb sein Vater, und Borges erlitt einen Unfall, bei dem er beinahe ums Leben gekommen wäre. Von da an verschlechterte sich sein Sehvermögen, wie auch schon zuvor das des Vaters, der blind starb. Von 1956 an konnte Borges nicht mehr lesen. Er war zum Schreiben auf die Hilfe anderer angewiesen, und seine Mutter las ihm vor bis zu ihrem Tod mit über neunzig im Jahre 1975. 1939 veröffentlichte Borges »Pierre Menard, Autor des Don Quijote«, seine erste phantastische Erzählung in jenem Stilgemisch aus Pseudo-Essay und Fiktion, das seine berühmtesten Texte wie die »Universalgeschichte der Niedertracht«, »Der Garten der Pfade, die sich verzweigen«, »Das

Aleph«, »David Brodies Bericht« und »Das Sandbuch« kennzeichnen sollte. Unter dem Pseudonym H. Bustos Domecq veröffentlichten Borges und sein enger Freund Adolfo Bioy Casares Kriminalgeschichten, deren Hauptperson der Detektiv Don Isidro Parodi war. Abgesehen von seinem erzählerischen Werk und seinen Gedichten hat Borges über die Stadtteile, die Charaktere und die Musik von Buenos Aires geschrieben. Im Jahr 1961 wurde ihm gemeinsam mit Samuel Beckett der Preis des Internationalen Schriftstellerkongresses verliehen, eine von zahlreichen Auszeichnungen und Titeln, die er im Laufe seines Lebens erhalten hat. In jene Zeit fällt der Beginn seines weltweiten Ansehens. 1980 erhielt er den Premio Cervantes. 1967 heiratete er Elsa Millán, von der er sich drei Jahre später scheiden ließ. Als er im Juni 1986 in Genf starb, war seine Ehefrau seine frühere Mitarbeiterin Maria Kodama.